CHIEMSEE
VERLAG

ISBN: 978-3988659668

Raiffeisenstr. 4 · D-83377 Vachendorf

Text: Andreas Arz
Lektorat: Monika Arz-Sprenger, Inge Okaty
Korrektorat: Astrid Töpfner
Bilder: Shutterstock: Rostislav_Sedlacek; Brontiskaya; MikeDotta

TOD EINER WEINKÖNIGIN

SERAFINAS LEIDEN

Rheingau Krimi

Tod einer Weinkönigin – Serafinas Leiden
Rheingau Krimi von Andreas Arz

PROLOG

Die Weinstadt Winkel im Rheingau, Oktober 1963

Der Rheingau glühte vor Freude und Begeisterung. Nach 1959 durfte sich die weltbekannte Weinregion wieder über eine Deutsche Weinkönigin aus ihren Reihen freuen. Dies bedeutete nicht nur Prestige für die Region, sondern war auch eine Auszeichnung für die ansässigen Weingüter, insbesondere derer aus der beschaulichen Weinstadt Winkel.

Der Nachthimmel war sternenklar. Ein Hauch von kühlem Wind zog über die Köpfe der Menschen hinweg und brachte den Duft von frisch gelesenen Weinbergen in die Gärten des ehrwürdigen Schloss Vollrads. Es war ein Herbstabend wie aus dem Bilderbuch und das Ambiente konnte dem Anlass nicht angemessener sein. Der Riesling floss in Strömen und die Stadtoberen brüsteten sich mit der Tatsache, dass eine junge Frau aus Winkel die deutschlandweite Konkurrenz hinter sich gelassen hatte. Mittendrin im Getümmel stand Hartmut Wolf, dessen Tochter Serafina den Titel der Deutschen Weinkönigin in die Stadt holte. Jeder wollte mit ihm anstoßen und Glückwünsche für seine Tochter hinterlassen. Mit breiter Brust und aufgesetztem Lächeln kam er jedem Prositwunsch nach und übte sich gekonnt in kurzweiliger Konversation. Es war ein Tag der Freude für ihn, doch ein Gefühl des Ärgers überschattete seine Laune, insbesondere bei der Frage, wo denn seine schöne Tochter sei. Sofort setzte er ein diplomatisches Grinsen auf und verwies sein Gegenüber darauf, dass sich seine Tochter gerade für ihren großen Auftritt bereit machte. Ein Bad in der Menge müsse schließlich gut vorbereitet werden, scherzte er immer wieder augenzwinkernd.

Sobald Hartmut wieder einen ruhigen Moment für sich erhaschen konnte, verzogen sich seine Mundwinkel und er blickte wutentbrannt durch die Menge, in der Hoffnung, seine Tochter zu entdecken. Mit aller Gewalt spannte er seine Gesichtsmuskeln an, damit sie ihm nicht noch mehr entglitten. Am liebsten würde er mit einem lauten Schrei quer durch den Schlossgarten seine Tochter zu sich zitieren. Seine Frau Elise erkannte den unterdrückten Zorn ihres Mannes, kam auf ihn zu und packte ihn vorsichtig am Arm.

»Sie wird schon auftauchen. Wahrscheinlich macht sich Serafina gerade für ihren Auftritt zurecht.«

Hartmut schüttelte den Kopf und wischte die Hand seiner Frau von seinem Arm. »Ich glaub das alles nicht. Das ist der wahrscheinlich wichtigste Tag in ihrem Leben und das Gör blamiert mich hier bis auf die Knochen.«

Elise versuchte zu beruhigen. »Sei nicht so streng mit ihr. Du weißt, dass Serafina das Ganze hier nur für dich gemacht hat. Sie wollte weder Weinkönigin werden noch den Rummel um ihre Person ertragen müssen.«

Jetzt entglitten Hartmut doch einige Gesichtszüge und er wurde noch zorniger. Mit mühsam gedämpfter, aber rauer Stimme fuhr er seine Frau an: »Jetzt hör auf. Jeden Tag die gleiche Predigt. Das Kind solle das tun, was es glücklich macht. Ich kann das nicht mehr hören. Sieh dich um!« Dabei zeigte er demonstrativ in die Menschenmenge. »Das hier ist die Zukunft für Serafina und unser Weingut.«

Elise gab auf. Sie hatte keine Chance, gegen die Visionen ihres Mannes anzukommen. Es zerriss sie innerlich, dass sie mit ansehen musste, wie ihre Tochter Tag für Tag unglücklicher wurde. Der Ehrgeiz von Hartmut peitschte Serafina von einer Veranstaltung zur nächsten, immer mit dem Ziel, an die Spitze der gesellschaftlichen Auslese zu gelangen. Dass das Glück seiner Tochter dabei auf der Strecke blieb, kümmerte den ambitionierten Vater nicht.

Ein letztes Mal schwenkte er den Kopf und ließ einen prüfenden Blick durch die Menge gleiten.

»Es reicht!«, fauchte Hartmut, stellte sein Weinglas derart unsanft auf einem der Stehtische ab, dass der Sockel abbrach. Mit schweren Schritten stapfte er los und verschwand in der Menschenmenge. Elise starrte ihrem Mann hinterher, während der gute Riesling aus dem zerbrochenen Glas über die Platte des Stehtisches lief und auf den Boden des Schlossgartens tropfte.

Außerhalb von Schloss Vollrads stand eng umschlungen ein Pärchen und küsste sich leidenschaftlich im Licht des aufgehenden Mondes. Die Szene hätte einem Märchenbuch entsprungen sein können. Er in einfache Kleidung gehüllt, die einen zerlumpten Eindruck hinterließ. Sie, eine junge Frau, die in ein festliches Kostüm gekleidet war und ein funkelndes Diadem auf dem Kopf trug. Ein Märchen, in dem der einfache, arme Bauer seine Königin fand.

Die beiden ließen voneinander ab und blickten sich tief in die Augen. Der junge Mann strahlte verliebt übers ganze Gesicht. Im Arm hielt er eine Frau, deren Schönheit wie ein unendlicher Ozean wirkte, in dem er zu ertrinken schien. Ihre schulterlangen Haare schimmerten im Mondlicht wie edles Rosenholz und die Augen glänzten einem teuren Diamanten gleich.

Leise wisperte sie ihrem bäuerlichen Traumprinzen entgegen: »Könnte dieser Moment nicht ewig andauern?«

Er lächelte und entgegnete: »Warum sollte er enden? Wie ich dir sagte – ein Wort aus deinem Mund und wir gehen fort. Lassen diesen Ort und deinen Vater weit hinter uns.«

Sie löste sich aus der Umarmung. »Du weißt doch, ich kann das nicht. Mein Vater lässt keinen Stein auf dem anderen, bis er mich gefunden hat; und außerdem kann ich meine Mutter nicht allein bei diesem Scheusal lassen.«

Der junge Mann seufzte betroffen. »Ja, das mit deiner Mutter versteh ich. Aber sie wird das schon verkraften. Hier geht es doch um uns und nicht um deine Eltern.«

Entsetzt über die Aussage trat sie einen Schritt zurück.

»Wie kannst du das sagen? Meine Mutter würde das nie verkraften. Sie würde mich verlieren und dafür ein Leben in der Hölle meines Vaters ernten, wo ihr keiner beistehen kann.«

Er versuchte zu beruhigen. »Du hast recht, es tut mir leid, daran hätte ich denken sollen. Aber ich liebe dich so sehr, dass außer dir und unserem Glück nichts mehr in meinen Gedanken existiert.«

Wortlos starrten sich die beiden einen Augenblick lang an, bis sie, fast resignierend, ihn wieder sanft in die Arme schloss. Der Moment währte nur kurz. Ein lauter Schrei durchschnitt die Ruhe im Weinberg.

»Serafina!«, hallte es ihnen entgegen. Noch bevor die beiden sich aus ihrer Umarmung lösen konnten, riss ein heftiger Ruck sie auseinander. Hartmut hatte seine Tochter gefunden, packte sie am Arm und entzweite das Paar.

Er brüllte Serafina an. »Was soll das? Da drin warten Hunderte von Leuten darauf, dass du ihnen die Ehre erweist, und du lungerst hier draußen mit diesem Taugenichts rum!«

Der junge Mann vermochte Hartmut nichts zu entgegnen. Serafina hingegen versuchte, sich gegen die Gewalt ihres Vaters zur Wehr zu setzen. Unter Tränen gab sie sich alle Mühe, den harten Griff Hartmuts von ihrem Arm zu lösen. Es gelang ihr nicht.

Verzweifelt rief sie ihm entgegen: »Hör doch endlich auf. Ich möchte das alles hier nicht. Kann ich nicht mein eigenes Leben führen?«

Der Vater hatte kein Einsehen und zerrte seine Tochter aus dem Weinberg in Richtung Eingang des Schlosses. Dabei raunzte er, ohne Serafina anzusehen: »Genug davon. Mach, dass du reinkommst, ich will keinen Ton mehr hören. Du wirst diesen Mann nicht mehr wiedersehen und jetzt deinen Pflichten nachkommen.«

Er blieb kurz vor dem Eingang stehen, zog ein Stofftaschentuch aus seiner Tasche und hielt es fordernd seiner Tochter hin.

»Wisch dir jetzt die Tränen aus deinem Gesicht und wage es nicht, mich weiter zu blamieren!«

Serafina tupfte sich vorsichtig die salzigen Tränen von den Wangen. Nach einem prüfenden Blick in ihr Gesicht riss Hartmut ihr das Taschentuch aus der Hand und zog seine Tochter in Richtung Tor. Sobald der erste Gast in Sicht war, setzte er eine gute Miene auf, betrat mit Serafina den Schlosshof und präsentierte seine Weinkönigin.

Laut rief er in die Menge: »Ich habe Ihre Majestät gefunden. Sie genierte sich etwas ihrer Freudentränen zur Wahl der Weinkönigin, aber hier ist sie!«

Die Menge applaudierte Serafina, die sich mit einem erzwungenen Lächeln bedankte.

Tage später war Hartmuts Zorn noch nicht ganz verraucht. Trotz des letztendlich erfolgreichen Abends auf Schloss Vollrads ließ er seine Tochter jede Faser seines Ärgers spüren. Serafina hingegen zog sich weitestgehend zurück, sprach kaum ein Wort, führte aber jede der ihr aufgetragenen Arbeiten im familiären Weingut anstandslos aus. Vater Hartmut beobachtete dies über die nächsten Wochen hinweg wohlwollend. Offensichtlich fügte sich seine Tochter den Wünschen ihres Vaters und hatte zudem die Beziehung zu dem jungen Mann aus ärmlichen Verhältnissen abgebrochen. Dies war genau in Hartmuts Sinne. Ein Partner aus der gesellschaftlichen Unterschicht ist einer Weinkönigin nicht würdig. So seine Einstellung. Mit Kalkül lud er ständig Besitzer gehobenerer Weingüter ein. Immer im Blick, dass die Familien einen Sohn im ungefähren Alter seiner Tochter hatten. Er plante, auf diesem Wege ein Bündnis zwischen ihm und einem anderen, elitären Weingut zu schmieden, um den gesellschaftlichen Stand auch in Zukunft zu sichern.

Am Abend des 23. Januar im darauffolgenden Jahr war es wieder so weit. Hartmut wollte sich mit einem kleinen, privaten Fest bei einer der bedeutendsten Winzerfamilien im Rheingau profilieren. Diese hatte zwei Söhne im fast gleichen Alter wie Serafina. Er hoffte, dass er seine Tochter bei einem der beiden erfolgreich unterbringen konnte, zumal jeder junge Mann der bildhübschen Serafina zu Füßen lag.

Hartmut hatte im Salon des Weingutes festlich eindecken lassen. Die Gäste kamen pünktlich und die Atmosphäre quoll über von überzogener, gegenseitiger Höflichkeit. Nach der überschwänglichen Begrüßung fand sich Hartmut in einem Déjà-vu wieder. Serafina war nicht da. Erbost über das Nichterscheinen seiner Tochter zitierte er dezent seine Frau Elise zu sich.

Er flüsterte ihr ins Ohr: »Wo ist Serafina?«

Elise zog unwissend die Schultern hoch.

Hartmut fuhr fort: »Geh nach oben und hol die Göre runter. Ich werde ihr so eine Szene wie auf Schloss Vollrads diesmal nicht so glimpflich durchgehen lassen.«

Elise hatte einen dicken Kloß im Hals. Sie schluckte verängstigt und hoffte, dass Serafina auf ihrem Zimmer war und nur etwas getrödelt hatte. Sie wandte sich ab und wollte unbemerkt nach dem Verbleib ihrer Tochter sehen. Doch so weit kam es nicht. Draußen heulten die Feuersirenen auf. Das laute Geräusch hallte durch die Winkeler Gassen und ließ alle aufschrecken.

»Was ist da los?«, fragte einer der Gäste.

Hartmut blickte aus dem Fenster des Salons und sah unten am Rheinufer hohe Flammen in den Nachthimmel schlagen.

Er rief entsetzt in die Runde: »Feuer da unten am Rheinufer. Ich glaub, das ist das Graue Haus!«

Völlig außer Fassung antwortete Elise: »O mein Gott, nicht das Graue Haus!«

Das historische Steinhaus war eines der Wahrzeichen der Stadt. Über tausend Jahre stand es am Rheinufer und nun schien das Gebäude von den Flammen aufgefressen zu werden.

Von der Neugier gepackt eilte die Gesellschaft zum Ort des Geschehens, wo die Feuerwehr und viele Schaulustige bereits eingetroffen waren. Es war tatsächlich das Graue Haus. Die Flammen loderten ungezügelt aus dem Dachstuhl. War dieser Brand nicht schon entsetzlich genug, ließ ein Anblick inmitten des Feuers an der steinernen Hauswand das Blut in den Adern aller Anwesenden gefrieren. An einem Seil, das an der Wand angebracht war, baumelte das festliche Kostüm der Deutschen Weinkönigin. Fassungslos erblickten Hartmut und Elise sowie alle anderen Serafinas Kleid, das nach und nach von den Flammen verzehrt wurde.

»Was hat das zu bedeuten?«, stotterte Elise in panischer Angst.

Hartmut schüttelte sprachlos den Kopf. In Windeseile wandte sich das Ehepaar um und stürmte zurück ins eigene Weingut. Angekommen, eilten sie durch das Haus bis zum Zimmer ihrer Tochter. Hartmut riss die Tür auf und blickte in den Raum. Überall lag zerwühlte Kleidung auf dem Boden. Im Raum verteilte sich ein seltsamer Geruch. Es war nicht der typische Geruch nach ihrer Tochter. Er war muffig, mutete schmutzig an. Elise blickte in den geöffneten Kleiderschrank. Es schienen einige Teile zu fehlen. Sie lagen nicht bei den zerwühlten Stücken am Boden.

»Wann hast du Serafina zuletzt gesehen?«, fragte Hartmut seine Frau in rauem Ton.

Elise war verstört, konnte fast nicht antworten. Sie entgegnete mit zitternder Stimme: »Gestern Abend. Sie war nicht wie sonst, sprach kaum ein Wort. Aber so ging es schon die letzten Tage. Ich dachte, es wäre nur eine Phase, die sich wieder legen würde.«

Hartmut verlor kein weiteres Wort, starrte nur in den zerwühlten Raum. Langsam tastete sich das Ehepaar weiter vor. Mit jedem Schritt, den sie vor den anderen setzten, und den Bildern des brennenden Kleides am Grauen Haus vor ihren inneren Augen, wuchs eine Gewissheit in ihren Köpfen heran – Serafina war verschwunden!

EIN WEINBERG VOLLER FREUNDE

Gegenwart

Es war ein malerischer Vormittag Ende September. Die Sonne begann gerade Kraft aufzunehmen und schob sich langsam über die Weinberge im Rheintal. Dabei glänzte das Wasser des Rheins wie ein Diamantenfeld, und die angestrahlten Reben warteten darauf, dass von ihnen die reifen Trauben geerntet werden. Genau zu diesem Zweck kraxelten die Winzer mit ihren Helfern durch die Zeilen und waren eifrig bei der Lese.

Aus einem dieser Weinberge hallte es voller Inbrunst: »Verdammt noch mal, wie konnte ich mich darauf nur einlassen?« Mit diesen Worten ließ sich ein Mann zwischen die Rebzeilen plumpsen. Schweißgetränkt und resignierend warf er seine Schere weg, mit der er bereits den ganzen Morgen die reifen Trauben von den Reben trennte. Nach Luft ringend wischte er sich den Schweiß von der Stirn und blieb auf dem Rücken liegen. Vom Fuß des Weinbergs erreichte ihn verhöhnendes Gelächter von zwei Männern, die sich bequem an einen Traktor lehnten. Es waren das Lorcher Urgestein Willi Laggei und der Pathologe Dr. Berger. Die beiden amüsierten sich königlich über die Resignation von Kommissar Max Kießling, der immer noch im Weinberg nach Luft rang. Jeder von ihnen hielt einen Weinrömer, gefüllt mit bestem Lorcher Riesling in der Hand.

Willi rief zu Kießling: »Ei, was is' los, Bub? Als Polizist müsstest du doch fit wie en Turnschuh sein?«

Dr. Berger ergänzte: »Ach Willi, das war mal. Heute ist ihm sein Wohlstandsbauch im Weg.« Dabei lachten beide lauthals und ließen die Weinrömer zum Prosit erklingen.

Von weiter oben aus dem Weinberg beobachtete ein verliebtes Pärchen ebenfalls das muntere Treiben und konnte sich das Lachen nicht verkneifen. Es waren Kießlings Assistentin bei der Kriminalpolizei, Ella Nilsson, und ihr Freund, der Winzer Arnold Jäger. Alle zusammen ergaben das Quintett, das sich in der Vergangenheit als schlagkräftige Truppe gefunden hatte, um so manchem Bösewicht im Rheingau das Handwerk zu legen. Ihre Abenteuer und die ein oder andere lebensgefährliche Situation hatte die Gruppe zusammengeschweißt und eine wahre Freundschaft unter den Fünfen entstehen lassen. So sind sie auch an diesem Tag zu einer herausfordernden Aufgabe zusammengekommen: der Traubenlese in einem von Arnolds Weinbergen. Der junge Winzer hatte ursprünglich nicht vorgehabt, seine Freunde für diese oftmals anstrengende Arbeit einzuspannen, doch Kießling hatte wieder mal mit einem großen Mundwerk geglänzt und in einer lockeren Weinrunde herum posaunt, dass er einen Weinberg allein lesen könnte. Der Kommissar hatte dabei ganz vergessen, dass er bereits in Kindheitstagen an seine Grenzen gestoßen war, wenn er sich in der Traubenlesesaison ein paar Mark zum Taschengeld dazuverdient hatte. Seine Kondition im Weinberg hatte sich seit den früheren Tagen nicht wirklich verbessert.

Ella und Arnold stapften die Zeilen zu dem am Boden kauernden Kriminalkommissar hinunter. Über beide Gesichter zeichnete sich ein breites Grinsen. Das Paar war offensichtlich in besserer körperlicher Verfassung als Kießling. Außer der durch die Arbeit beanspruchten Kleidung ließ nichts darauf schließen, dass sie sich bereits seit Stunden im Weinberg befanden und die steilen Hänge rauf und runter kraxelten. Arnold trug zudem die große und schwere Butt auf dem Rücken, in welche die abgeschnittenen Trauben geschüttet wurden, sobald die Eimer der Traubenleser voll waren. Wenn diese bis zum Rand gefüllt war, entleerte sie Arnold in den Anhänger, der am Fuß des Weinbergs parkte.

Angekommen bei Kießling fragte Ella spöttisch: »Na, was ist los, heute nichts gefrühstückt?«

Nach ein paar erholsamen Atemzügen entgegnete der Kommissar: »Du hast leicht reden mit deinen fünfzig Kilo auf den Rippen. Ich muss fast das Doppelte mit mir rumschleppen.«

Ella lachte laut. »Was soll denn Arnold sagen? Der schleppt noch die schwere Butt mit sich rum und lässt sich nichts anmerken.«

Der Winzer lächelte dezent und schwieg zu der Aussage. Er genoss das Lob aus dem Mund seiner Liebsten.

Kießling raunte: »Jetzt hör aber auf. Arnold hat auch einige Jahre weniger auf dem Buckel. In seinem Alter hätte ich den Weinberg im Laufschritt abgelesen.«

»Das mag ich zu bezweifeln«, hallte es von ein paar Meter weiter unten. Dr. Berger konnte es sich nicht entgehen lassen, diese Szene ebenfalls zu kommentieren.

Kießling blickte nach unten und zischte: »Sie sind mal ganz still da unten. Während wir uns hier abquälen, habt ihr beide bereits die zweite Flasche Wein aufgezogen.«

»Aber mein lieber Kommissar, Sie wissen doch, ich habe es im Rücken und Willi braucht in seinen Rentnertagen nicht mehr durch die Zeilen klettern.«

»So isses«, ergänzte Willi und fuhr grinsend fort: »Ich bin über fünfzig Jahr' durch die Hänge geklettert und hab' mehr Woi' gemacht, als du im Lebe' saufe kannst. Jetzt könnt' ihr junge Leut' die Arbeit tun und mir schön de' Keller vollmache'!«

Dabei hob er seinen Weinrömer und stieß inbrünstig mit Dr. Berger an. Arnold indes ging in die Knie und zog den schwächelnden Kommissar, trotz der schweren Butt auf seinem Rücken, auf die Beine.

»Auf geht's, mein Bester. Ist ja fast geschafft. Noch zwei Zeilen und wir sind fertig für heute. Falls du nicht mehr kannst, Ella und ich …«

Kießling unterbrach Arnold sofort. Ihm war klar, auf was sein Winzerfreund hinauswollte. Er könnte sich zu den Zuschauern begeben, während Arnold und Ella die restliche Arbeit schafften. Dieser Schmach wollte er sich nicht aussetzen. Ihm war klar, welche Häme er von seinem lieben Pathologenfreund Dr. Berger über sich ergehen lassen müsste. Dieser grinste bereits bis über beide Ohren, hoffte, dass der Kommissar die Flinte ins Korn werfen würde und er die Situation voll auskosten konnte. Diesen Gefallen tat Kießling dem Gerichtsmediziner nicht. Voller Tatendrang schnappte er sich Schere und Eimer und stürzte sich auf die verbleibenden Weinbergszeilen.

Arnold grinste und sagte mit einem Wink auf Dr. Berger zu Ella: »Siehst du? Einmal an der Ehre gepackt und prompt wieder voll motiviert.«

Diese entgegnete: »Das war mir klar. Bevor Max Dr. Berger einen Grund gibt, ihn auf ewig aufzuziehen, würde er sich eher die Beine abhacken.«

Mit guter Miene machten sich die beiden ebenfalls wieder ans Werk und schnitten mit dem frisch motivierten Kommissar die letzten Trauben aus dem Weinberg ab.

Nach verrichteter Arbeit versammelten sie sich am Traktor. Willi hatte einen Klapptisch aufgestellt und mit frisch gebackenen Laugenbrezeln und selbst gemachtem Spundekäs zünftig aufgetragen. Dazu fischte er aus der Kühlbox eine Flasche Riesling, zog den Korken und schenkte für alle ein.

Kießling rief ihm in sarkastischem Ton zu: »Nicht für den Doktor, der hat nichts geschafft!«

Willi schenkte derweil weiter die Gläser voll und antwortete: »Ach, jetzt sei doch nit so. Unser Leichedoktor hat mit mir fleißig moralische Unterstützung geleistet.«

Der Pathologe stimmte mit ein: »So ist es, mein lieber Kommissar. Hätte ich Sie nicht derart motiviert, wären Sie wohl morgen noch im Weinberg. So wie Sie gekeucht haben, dachte ich bereits, am Ende des Tages landen Sie auf meinem Tisch in der Pathologie.«

»Sehr witzig«, kommentierte Kießling Dr. Bergers Sarkasmus. Letztendlich wussten beide um den Spaß. Die

Art und Weise, sich gegenseitig aufzuziehen, hatte fast schon Tradition bei den beiden und sie ließen wahrlich keine Gelegenheit aus. Nachdem jeder eine Brezel in der Hand hatte und mit einem Glas Riesling ausgestattet war, war alle Pein vergessen und sie genossen den verdienten Lohn nach getaner Arbeit.

Satt gegessen und wieder entspannt sagte Kießling in die Runde: »So kann man es aushalten. Heute bringt mich nichts mehr aus der Ruhe!«

Ella nickte und verzog die Lippen. »Sag das nicht zu laut, sonst ...« Noch bevor sie den Satz beenden konnte, rappelte das Mobiltelefon des Kommissars. Fast schockiert zog er es aus der Hosentasche und blickte auf das Display. Seine Gesichtsmuskeln zogen sich zusammen und er erweckte den Anschein, als hätte ihn jemand unsanft aus einem schönen Traum gerissen.

Dr. Berger säuselte: »Ich ahne nichts Gutes.«

Arnold stimmte mit ein: »Ich befürchte auch ein Ende der Gemütlichkeit.«

Kießling blickte noch mal in die Runde und nahm daraufhin das Gespräch an. Entnervt zischte er ins Telefon: »Was ist los?«

Während am anderen Ende der Leitung ein Beamter Kießling berichtete, bemühten sich die Übrigen gebannt, einen Laut zu erhaschen. Sie konnten nichts verstehen, mussten aber mit ansehen, wie sich die Miene des Kommissars mit jeder Sekunde verdunkelte. Nach einigen Minuten des Zuhörens und Schweigens beendete Kießling kurz angebunden das Gespräch. Er senkte das Telefon und grübelte einen Moment in Stille.

Ella fragte: »Was ist los?«

Der Kommissar blickte seine Assistentin an und antwortete: »Leichenfund in Winkel. Wir müssen los!«

Dr. Berger schaltete sich ein: »Hat Ihnen der Kollege bereits etwas Detaillierteres berichten können?«

»Nun ja, nicht viel. Nur so weit, dass Ihr neuer Kunde wohl schon etwas länger am Fundort liegt.«

Dr. Berger entgegnete nichts, runzelte nur fragend die Stirn. Willi machte sich auf zu seinem Kleinbus und winkte die Truppe zu sich. »Auf kommt, ich fahr' euch runner zu eurem Auto. Ihr wollt den arme Deibel in Winkel doch nit warte' lasse'.«

Kießling winkte ab und beruhigte: »Keinen Stress. Ich denke, der läuft uns sicher nicht weg.« Dann wandte er sich zu Dr. Berger und Ella und sagte: »Na dann lasst uns mal die Pferde satteln. Es gibt Arbeit!«

Kießling und Dr. Berger stiegen in Willis Bus, während sich Ella noch von ihrem Arnold verabschiedete.

Der Kommissar rief seiner Kollegin zu: »Jetzt lass mal den Arnold in Ruhe, der muss gleich einen ganzen Hänger Trauben abladen.« Dabei zwinkerte er in die Richtung seines Freundes.

Dieser erwiderte lächelnd, während er Ella im Arm hielt: »Jaja, kümmert ihr euch mal um Recht und Ordnung.« Daraufhin drückte er seiner Polizistin noch einen Kuss auf die Lippen und entließ sie zu ihrem Chef.

Willi startete den Motor und knatterte mit dem alten Bus los durch die Weinberge. Unten angekommen wechselten Dr. Berger, Ella und Kießling schnell ins Dienstfahrzeug. Willi kurbelte das Fenster seines Buses runter und rief seinen Freunden hinterher: »Viel Erfolg un' seht zu, dass ihr den Bösewicht aus 'em Verkehr zieht!«

Kießling winkte und antwortete: »Mach dir mal keine Sorgen. Uns ist noch keiner durch die Lappen gegangen!«

Daraufhin startete er den Motor und fuhr zügig an. Durch Kießlings flotten Fahrstil wechselte Dr. Bergers Gesichtsfarbe umgehend von gesundem Rot zu kreidebleich.

Schwer atmend stöhnte er: »Daran werde ich mich wohl nie gewöhnen.«

Kießling grinste und entgegnete: »Tja, mein lieber Dr. Berger, hätten Sie im Weinberg mitgeholfen, müssten wir jetzt nicht so schnell fahren.«

Der Pathologe knurrte missmutig und klammerte sich an seinen Gurt.

Ella fragte von hinten: »Wo müssen wir überhaupt hin in Winkel?«

Kießlings Miene wurde ernst. Nach ein paar Sekunden antwortete er mit entschlossener Stimme: »Zum Grauen Haus!«

DAS GRAB BEIM GRAUEN HAUS

Im kleinen Rheingauer Städtchen Winkel schlug die Glocke der Kirche Sankt Walburga zur Mittagszeit. In den Straßen und Gassen der Gemeinde tummelten sich die Menschen, erledigten ihre Einkäufe, entschwanden in eine verdiente Mittagspause oder genossen einfach nur einen schönen Sonnentag. Normalerweise ein typischer Tag, hätte nicht ein großes Polizeiaufgebot am altehrwürdigen Grauen Haus sämtliche Aufmerksamkeit auf sich gezogen. Das besondere Bauwerk, in der Nähe des Rheinufers gelegen, stand schon seit Wochen im Zentrum der Neugier. Nach vielen Jahren in der Bedeutungslosigkeit hatte sich ein neuer Eigentümer gefunden, der den alten Gemäuern neues Leben einhauchte und es zu einem einladenden Restaurant der gehobenen Klasse ausbaute. Die Menschen in der Region nahmen dies mit sehr viel Freude auf, da das Graue Haus einen besonderen Teil der Geschichte in Winkel einnahm. Endlich konnte das historische Gebäude wieder Teil des Ortsgeschehens werden und seine eindrucksvolle Geschichte seinen Gästen erzählen. Zu dieser Geschichte sollte mit dem heutigen Polizeieinsatz ein weiteres Kapitel dazukommen. Eng aneinander standen die Dienstfahrzeuge vor dem Eingang zum Restaurant. Beamte sperrten das Areal rund um das Graue Haus ab, damit sich die Schaulustigen nicht zu weit vorwagten und vielleicht noch den Tatort zertrampelten.

Über die Bundesstraße 42, die zwischen dem Grauen Haus und dem Rhein verlief, schoss ein ziviles Polizeifahrzeug zur nächsten Einfahrt nach Winkel. Ein Beamter vor Ort sah das Auto kommen und hob vorsorglich das Absperrband hoch, sodass das Fahrzeug zum Haupteingang vorfahren konnte. Zügig steuerte der Fahrer das Dienstfahrzeug an den parkenden Polizeiautos vorbei und kam mit einer starken Bremsung vor dem Eingang zum Stehen. Kommissar Kießling stieg grinsend an der Fahrerseite aus. Assistentin Ella folgte ihrem Chef kopfschüttelnd von der Rückbank, während der Pathologe Dr. Berger sich wackelig aus der Tür der Beifahrerseite auf die Straße quälte.

Ella stupste Kießling leicht an und flüsterte: »Du bist doch absichtlich wie ein Henker hier vorgefahren.«

Der Kommissar konnte sich ein diabolisches Lächeln nicht verkneifen und wisperte zurück: »Dem lieben Doktor müssen von Zeit zu Zeit mal die Flügel gestutzt werden, sonst fliegt er uns noch zu hoch hinaus.«

»Ach, komm schon – du bist doch nur angefressen, weil Dr. Berger im Weinberg vorhin einen faulen Lenz geschoben hat.«

Kießling zuckte mit den Schultern. »Wer weiß. In jedem Fall fühle ich mich jetzt besser.«

»Das kann man von unserem Gerichtsmediziner nicht wirklich behaupten«, entgegnete Ella.

In der Tat wankte Dr. Berger um das Polizeiauto herum und rang nach Luft und Fassung. Ermahnend wandte er sich an Kießling.

»Ich schwöre Ihnen, mein lieber Kommissar, irgendwann ist mein Kanal voll und es folgen Konsequenzen, sollten Sie weiterhin so übertrieben fahren, wenn ich an Bord bin.«

Kießling nahm die Drohung des Pathologen gelassen auf.

»Damit kann ich leben. Solange Sie Ihren Kanal nicht in meinen Fußraum entleeren, bleibe ich entspannt. Jetzt aber genug mit dem Gejammer, hier wartet Arbeit auf uns.«

Mit dieser Ansage schob Kießling Ella und Dr. Berger durch den Eingang in den Hof des Grauen Hauses. Mit einem Blick auf das alte Gebäude kehrten die Lebensgeister in den Gerichtsmediziner zurück. Hier war er neben der Pathologie ganz in seinem Element. Durch seine Leidenschaft zu Kultur und Geschichte begann er umgehend sein Wissen mit den anderen zu teilen.

»Wissen Sie beide eigentlich, an welch einem geschichtsträchtigen Ort wir uns befinden?«

Ella schüttelte den Kopf und entgegnete: »Nein, klären Sie uns auf!«

Kießling blickte seine Kollegin sofort scharf an und murmelte ihr zu: »Bist du wahnsinnig, du weißt doch, was jetzt kommt.«

Sowie Kießling den Satz beendete, wurde dies auch Ella klar. Dr. Berger setzte zu einer kleinen, privaten Geschichtsstunde an und begann über die Vergangenheit des Grauen Hauses zu referieren. Ella lauschte den Ausführungen des Pathologen höflich, während der Kommissar prüfend das Gelände überblickte. Er erfasste umgehend den Brennpunkt des Geschehens. Zwischen dem Grundstück des Grauen Hauses und dem nächstgelegenen Weinberg, dem Graugarten, war eine kleine Baugrube ausgehoben. Diese war umringt von Beamten und Mitarbeitern der kriminaltechnischen Untersuchung. Kießling wollte sich zum Tatort aufmachen, da zog ihn Dr. Berger am Arm zurück und führte begeistert aus:

»Und wussten Sie, Herr Kommissar, dass das Graue Haus älteren Theorien nach als Wohn- und Sterbehaus des Erzbischofs Rabanus Maurus diente?«

»Rabanus wer?«, fragte Kießling leicht genervt.

»Sagen Sie bloß, Sie wissen nicht, wer das ist«, fragte Dr. Berger entgeistert und fuhr fort: »Er gehörte zu einer der bedeutenden Gestalten der karolingischen Renaissance und war …«

Kießling unterbrach den begeistert referierenden Dr. Berger unsanft. »Ja, wunderbar, mein lieber Doktor. Ich denke, wir haben genug gelernt über Ihren Erzbischof. Wenn Sie Glück haben, haben ihn die Kollegen von der KTU dahinten ausgebuddelt.«

Mürrisch knurrend nahm Dr. Berger die Unterbrechung durch den Kommissar hin und folgte ihm und Ella zum Leichenfundort. Um diesen drängten sich mehrere Beamte der KTU. Eifrig wurden Fotos zur Beweissicherung geschossen und vorsichtig Proben von verdächtigen Dingen in nächster Nähe zur Leiche entnommen.

Kießling trat an das Loch. Es war einen knappen Meter tief. Am Boden trat ein freigelegtes Skelett zum Vorschein. In mühseliger Kleinarbeit wurde dieses von den

KTU-Mitarbeitern von Erde befreit. Ein Bagger hatte einen Teil davon bei Vorarbeiten für ein Fundament zu Tage gebracht. Dr. Berger und Ella stellten sich neben den Kommissar und blickten ebenfalls in die Grube. Es war nicht das, was sie erwartet hatten. Kießling schien erleichtert.

»Da liegt aber einer schon länger. Hatte schon befürchtet, wir bekommen es mit einem frischen Fall zu tun«, sagte Kießling unbeschwert.

»Eine!«, korrigierte Dr. Berger.

»Was eine?«, fragte Kießling den Pathologen.

»Eine! Das hier ist ein Frauenkörper«, erklärte Dr. Berger.

»Sie meinen, das war ein Frauenkörper?«, brachte sich Ella ein.

»Vielen Dank, Frau Nilsson, für Ihre scharfe Beobachtungsgabe«, antwortete der Gerichtsmediziner sarkastisch und ergänzte: »Das hier ist eindeutig der Körper einer Frau. So viel kann ich Ihnen mit einem guten Meter Abstand versichern.«

»Na gut, mein lieber Doktor, dann verkürzen Sie mal den Abstand, hüpfen in das Loch und erzählen mir morgen, was wir hier haben.«

»Wie meinen Sie das, Herr Kommissar? Wollen Sie etwa Feierabend machen?«, fragte Dr. Berger entgeistert.

Kießling grinste. »So wie die Leiche ausschaut, ist der Mörder, falls es einen solchen gibt, entweder auf dem Winkeler Friedhof oder im Altersheim. Demnach gibt es hier keinen Grund zur Eile.«

Ella stimmte ihrem Chef wortlos zu. Die KTU und der Gerichtsmediziner mussten in der Tat zuerst ihre Arbeit machen, bevor Kießling überhaupt mit den Ermittlungen beginnen konnte. Kießling winkte in die Runde und wollte sich mit Ella wieder auf den Weg zum Auto machen, da unterbrach Dr. Berger die Aufbruchspläne.

»Warten Sie! Hier ist etwas.«

Mit diesen Worten kletterte Dr. Berger vorsichtig in das Loch. Die Sonne hatte sich gerade über das Graue Haus geschoben und schien in die Grube. Er hatte dicht hinter dem Schädel des Skeletts etwas aufblitzen sehen, was in der Sonne reflektierte. Kießling und Ella standen wieder am Rand und beobachteten gebannt, was Dr. Berger wohl entdeckt hatte. Der Pathologe zog sich einen Gummihandschuh an und strich vorsichtig die Erde hinter dem Schädel weg. Ein Diadem trat zum Vorschein. Mit äußerster Vorsicht nahm er es an sich, hielt es hoch und begutachtete es im Licht. Der mit edlen Steinen besetzte Kopfschmuck blitzte und blinkte im Sonnenlicht. Die KTU-Beamten kamen ebenfalls näher und staunten über den Fund. Kießling staunte ebenfalls.

»Was zum Teufel ist denn das?«, fragte er beeindruckt.

Keiner antwortete. Alle starrten wie elektrisiert auf das augenscheinlich teure Fundstück.

Plötzlich eilte ein älterer Mann herbei, der zu dem Bautrupp gehörte, der die Grube aushob. Die Arbeiter hatten hinter der Absperrung das Treiben beobachtet. Mit großen Augen musterte er das Diadem und hielt erschrocken die Hand vor den Mund.

»Das darf nicht wahr sein!«, stieß er hinter vorgehaltener Hand hervor.

Kießling bewegte sich zu dem Herrn, der etwa Mitte sechzig war. Er fragte ihn: »Was darf nicht wahr sein?«

Der Mann starrte weiterhin auf das Schmuckstück, ohne zu antworten. Es schien ihn gar nicht mehr loszulassen. Kießling wiederholte seine Frage.

»Was meinen Sie damit, das darf nicht wahr sein?«

Der ältere Herr drehte den Kopf zum Kommissar und sah ihn an, als hätte er einen Geist erblickt.

Nach einigen Sekunden des Schweigens stammelte er: »Das ist das Diadem der Weinkönigin Serafina – und ich glaube, wir haben heute ihr Grab gefunden.«

ALTE SÜNDEN

Wo bin ich? Wie komme ich hierher?«, hallte eine verzweifelte Stimme dumpf durch einen spärlich beleuchteten Kellerraum. Die Worte kamen aus dem Mund eines Mannes, der inmitten des Raums auf einem hölzernen Stuhl platziert war. Die Augen verbunden, die Hände hinter dem Rücken gefesselt und an der Rückenlehne des Stuhls fixiert. Schweißperlen glitzerten auf der Stirn und rannen in das Tuch, das die Augen verdeckte. Die Halsschlagader pochte sichtbar und spiegelte die Angst des Mannes wider, der sich jeden Moment der Wucht einer Panik zu ergeben schien. Gerade vor ein paar Minuten hatte er sein Bewusstsein zurückerlangt und sich in der prekären Situation wiedergefunden. Der Raum hatte keine Fenster, nur eine hölzerne Treppe führte zu einer Luke am oberen Rand des Kellerlochs. Es roch modrig und nach altem Gebälk. Der Geruch, gepaart mit der niedrigen Deckenhöhe, ließ darauf schließen, dass es ein sehr altes Gebäude war. Auf dem Boden raschelte es überall. Mäuse teilten sich mit anderem Ungeziefer den Raum und fühlten sich anscheinend durch die neue Gesellschaft gestört.

Das Gebälk der Decke knirschte. Über sich vernahm er Schritte und jemand näherte sich der Luke. Gebannt horchte der Mann auf und wartete, was nun geschehen mag. Gedanken schossen durch seinen Kopf. Wo war er und was war geschehen? Wer könnte dies sein? Was war der Grund für seine Gefangenschaft?

Langsam öffnete sich die Luke. Die Scharniere knirschten laut. Das Geräusch schnitt sich wie heißes Eisen in die Gehörgänge des Mannes, dessen Puls immer weiter anstieg. Schritte bewegten sich eine hölzerne Treppe herunter.

Verzweifelt rief der gefesselte Mann: »Wer ist da?«

Keine Antwort. Nur die immer näher kommenden Schritte waren weiterhin zu hören.

Er versuchte es ein weiteres Mal, wurde lauter: »Wer ist da? Was wollen Sie?« Der Gefangene atmete immer schneller. Er erkannte keine Möglichkeit, Herr der Lage zu werden. Außer der sich immer weiter ausbreitenden Angst verspürte er nichts mehr. Plötzlich wurde es still. Keine Schritte waren mehr zu hören. Der gefesselte Mann bewegte den Kopf hin und her, versuchte, einen weiteren Laut zu erhaschen. Kein Ton drang mehr in seinen Gehörgang. Auf seiner Haut verspürte er einen leichten Atemzug und nahm verstört den Mundgeruch eines anderen Menschen wahr. Offensichtlich stand jemand direkt vor ihm, hatte sich zu ihm heruntergebeugt und schien sein Gesicht zu mustern.

Eingeschüchtert versuchte er nochmals Kontakt aufzunehmen. Seine Stimme war mittlerweile entkräftet von der Angst und der Aufregung, die diese Situation mit sich brachte.

»Wer ist da?« Er machte eine kurze Pause und fügte an: »So sagen Sie mir doch, wer Sie sind und was Sie von mir wollen!«

Jetzt bekam er eine Reaktion.

Sein Gegenüber hauchte in geheimnisvoll bedrohlicher Stimmlage: »Was ich von dir will? Sag du es mir!«

Verwirrt schüttelte der Gefangene den Kopf. Er konnte sich in keiner Weise erklären, was er verbrochen haben sollte, um einer derartigen Tortur zum Opfer zu fallen. Er versuchte, sich zu erklären.

»Was soll ich Ihnen sagen? Ich habe doch nichts getan. Lassen Sie mich in Gottes Namen frei!«

Sein Entführer wurde zornig. »In Gottes Namen? Hast du denn in Gottes Namen gehandelt, als du deine Sünden begingst?«

»Was für Sünden? Ich habe niemals jemandem was zu Leide getan.«

Sein Gegenüber lachte hämisch. Dann packte er den Gefangenen wuchtig am Unterkiefer, kam mit seinem Kopf nahe an sein Gesicht und raunte ihn wütend an: »Selbst im Angesicht deiner unglücklichen Lage bist du nicht willens, dich zu deinen Taten zu bekennen.«

Trotz des starken Griffes an seinem Kiefer versuchte der Gefangene, sich zu artikulieren. »Was für Sünden, was für Taten? Ich habe nie jemandem etwas getan.«

Der Entführer entspannte seinen Griff und zog seine Hand wuchtig zurück.

»Nun, wenn dem so ist, hast du dein Schicksal in diesem Moment selbst bestimmt!«

»Schicksal selbst bestimmt? Was meinen Sie damit?«

Stille! Keine Antwort. Der gefesselte Mann hoffte auf einen Hinweis seines Peinigers, doch es folgte keine Reaktion. Der Raum versank in Totenstille. Seine Angst mehrte sich. Plötzlich war eine Anspannung spürbar, die nicht von ihm herrührte. Etwas war im Gange, irgendetwas würde passieren, was er nicht erfassen konnte. Es geschah. Aus dem Nichts schwang sich ein festes Seil um den Hals des gefangenen Mannes. Blitzschnell zog es sich zu, sodass das Atmen nicht mehr möglich war. Er versuchte zu schreien, doch konnte er keinen Ton herausbringen. Das Adrenalin stieg in seinem Körper an, ließ das Blut in den Adern gefrieren. Die Schlinge zog sich immer fester zu. Die Augen quollen aus seinem Kopf, die Zunge wellte sich und strich zitternd über seine Unterlippe. Sein ganzer Körper bebte, versuchte, sich zu wehren. Es dauerte nicht lange, bis die Pein ein Ende fand. Er hatte verloren und ergab sich dem Todeskampf.

EINE GESCHICHTE VOLLER LEIDEN

Fünf Tage waren vergangen seit dem Skelettfund am Grauen Haus im Rheingauer Städtchen Winkel. Der sonst so beschauliche Ort hatte seitdem eine riesige mediale Aufmerksamkeit erfahren. Wenn die Presse aus Winkel berichtete, waren es zumeist Berichte über traditionelle Feste, heimische Winzer oder die ein oder andere goldene Hochzeit. Heute waren die Seiten der regionalen und überregionalen Medien gefüllt von Meldungen über das Grab am Grauen Haus. Auf den Straßen und in den Straußwirtschaften tuschelten zumeist die älteren Einwohner der Stadt, die um die Geschichte von Serafina und ihr Verschwinden wussten. Erinnerungen an den großen Brand im Jahr 1964 kamen hoch. Etwaige Zusammenhänge wurden diskutiert, Vermutungen und Verdächtigungen über einen potentiellen Täter geäußert.

Auf dem Polizeirevier in Wiesbaden versuchte Kießling mit seinem Team sich nicht von dem Gerede und der Sensationspresse anstecken zu lassen. Sie fokussierten sich auf Fakten. Die skelettierte Leiche hatte mittlerweile den Weg in Dr. Bergers Pathologie gefunden, wo dieser eifrig und präzise die Überreste untersuchte. Kießling und

Ella hatten sich, soweit es ging, in die Materie von damals rund um den Brand eingelesen. Zur Unterstützung hatte er den Bauarbeiter Peter Ullreich vorgeladen, der sich am Tag des Fundes als Zeitzeuge hervorgetan hatte. Er erschien pünktlich am Vormittag auf dem Polizeirevier. Vorsichtig klopfte Ullreich an Kießlings Bürotür.

»Kommen Sie rein!«, rief Kießling dem Bauarbeiter entgegen.

Langsam bewegte sich Ullreich durch den Raum und trat an den Schreibtisch des Kommissars heran. Er schien verunsichert. Es war deutlich erkennbar, dass er sich unwohl fühlte, fast verängstigt. Kießling hatte einen ernsten Gesichtsausdruck und dies erhöhte unweigerlich Ullreichs Anspannung. Diese Miene war dem Kommissar nicht zu verdenken, schließlich steckte er jetzt wieder mitten in einer Mordermittlung. Auch wenn das Opfer schon mehrere Jahre unter der Erde lag, minderte dieser Fakt nicht die Bedeutsamkeit eines derartigen Verbrechens. Für den Bauarbeiter sollte dies aber kein Grund zur Beunruhigung sein, schließlich war er nur als Zeuge vorgeladen. Seine Verunsicherung resultierte auch mehr aus dem Umstand, dass er genau in dieser Funktion, als Zeuge, von besonderer Wichtigkeit war.

Ella hatte wieder mal ein sehr gutes Einfühlungsvermögen und bemerkte die Anspannung des älteren Herrn. Sie strahlte daher eine gewisse Lockerheit aus und gab dies an Ullreich weiter.

»Nehmen Sie auf dem Stuhl hier vorn Platz. Darf ich Ihnen einen Kaffee anbieten?«, lockerte Kießlings Assistentin die Situation auf.

»O ja, sehr gern. Den kann ich jetzt gut gebrauchen, ist für mich keine alltägliche Situation hier«, entgegnete Ullreich.

Kießling versuchte ebenfalls, die Situation zu entspannen.

»Ella, kipp doch noch einen Schluck Asbach in den Kaffee und mach einen Klecks Sahne drauf, ich denke, so ein Rüdesheimer Kaffee ist für unseren Herrn Ullreich jetzt genau das Richtige.«

Der Bauarbeiter grinste und wirkte tatsächlich etwas lockerer. Er war dankbar, dass die beiden Beamten die Situation entspannten, blickte zu Ella und sagte: »Vielen Dank, bitte nur Milch. Ich trink zwar gern einen Rüdesheimer Kaffee, aber Weinbrand am Morgen gibt's nur am Vatertag.«

Ella nickte mit einem Lächeln auf den Lippen und schenkte einen frisch gebrühten Kaffee aus der Thermoskanne ein. Kießling übernahm indes das Ruder des Gespräches.

»Nun denn, Herr Ullreich, am Grauen Haus haben Sie mich mit Ihrer kurz umrissenen Ausführung sehr neugierig gemacht. Wir haben in der Zwischenzeit etwas über die Ereignisse von damals erfahren können, aber ich bin sicher, Sie können noch mehr Licht ins Dunkel bringen. Was ist seinerzeit passiert?«

Der Bauarbeiter ging in sich, versuchte in die Vergangenheit einzutauchen. Er war damals ein zehnjähriger Junge gewesen und die Ereignisse hatten sich in sein Gedächtnis gebrannt wie die Flammen seinerzeit in das Mauerwerk des Grauen Hauses. Er erzählte von der bildschönen Weinkönigin Serafina Wolf, dem Stolz des ganzen Rheingaus. In seiner Kindheit hatte er die ambitionierten Vorstellungen ihrer Eltern nicht wirklich wahrgenommen. Als Kind bewunderte er Serafina, wie alle Kinder und Erwachsenen. Dass hinter der glanzvollen Fassade viel Aufopferung und Entbehrung stand, erkannte er erst später. So war das Verschwinden Serafinas im ersten Moment ein Schock für ihn. Im weiteren Verlauf seiner Jugend und des Erwachsenwerdens begann er zu verstehen, was ihr Antrieb für die Flucht gewesen war. Viele Geschichten rankten sich um ihre Person. Jeder kannte eine eigene Version. Jedoch am Anfang einer jeden Geschichte stand der Brand am Grauen Haus und das von den Flammen aufgezehrte Kleid der Weinkönigin, dessen Anblick sich in das Gedächtnis der Zeitzeugen brannte. Ullreich erlebte den Brand ebenfalls hautnah. In der Stunde, als der Feueralarm durch Winkel tönte, war er mit seinen Eltern, wie viele andere, zum Grauen Haus geeilt und so Zeuge dieses erschütternden Ereignisses geworden.

Kießling versuchte sich in die Gedanken des Bauarbeiters, der kurz vor der Rente stand, zu versetzen.

»Ich kann nachvollziehen, dass dieses Ereignis ziemlich belastend für einen jungen Buben war. Bis dahin haben wir die Geschichte schon von einigen Winklern gehört. Können Sie uns etwas mehr zum Verschwinden von Serafina Wolf sagen?«

Ullreich überlegte und fuhr fort: »Ihr damaliger heimlicher Freund hieß Anton Gerber. Er war der Sohn einer einfachen Familie. Zu dieser Zeit, aus Sicht ihrer Eltern, kein Umgang für eine Weinkönigin.«

Ella brachte sich ein. »Womit hatten ihre Eltern denn ein Problem? War der junge Mann so ein schlechter Umgang?«

»Das Weingut der Familie Wolf gehörte damals zu den besten und angesehensten Weingütern im ganzen Rheingau. Der Vater hatte für Serafina eher einen Ehemann aus ihrer Mitte vorgesehen.«

»Fürchterlich. So was gäb's heute nicht mehr«, empörte sich die Polizistin.

Ullreich entgegnete: »Seien Sie sich da nicht so sicher. Viele betuchte Familien wünschen sich auch heute noch einen elitären Umgang für ihre Sprösslinge.«

Ella rümpfte die Nase und fragte weiter: »Was wurde eigentlich aus der Familie Wolf? Wir konnten nur recherchieren, dass sie einige Jahre nach Serafinas Verschwinden das Weingut verkauften und ins Ausland gegangen sind.«

»Das ist aber nicht so bekannt. Angeblich haben sie sich vom Geld aus dem Verkauf irgendwo in Italien niedergelassen. Wie ich gehört habe, sind beide recht früh verstorben.«

Kießling schaltete sich wieder ein: »Mhm? Das ist nicht schön, aber interessanter wäre es, zu wissen, was aus diesem Anton Gerber wurde. Wir haben hier die Leiche seiner damaligen Freundin, aber von ihm keinen Anhaltspunkt oder irgendein Lebenszeichen.«

Ullreich zuckte mit den Schultern. »Das ist eine gute Frage, auf die, soweit ich weiß, niemand wirklich eine Antwort wusste. Seine Eltern scherten sich nicht um den jungen Mann, waren, glaub' ich, froh, dass er weg war.«

»Wieso das?«, hinterfragte Ella.

»Ich erinnere mich, dass er ein ziemliches Raubein war, oft in Prügeleien verwickelt, und auch die ein oder andere Sachbeschädigung wurde ihm nachgesagt.«

»Ach, sieh an« Kießling blickte interessiert auf. »Den Kerl würde ich doch gern mal sprechen.«

»Da sind Sie sicher nicht der Einzige. Schon damals lasteten ihm viele den Brand am Grauen Haus und weitere Brände in diesem Zeitraum an.«

»Was legte den Verdacht nahe?«, hinterfragte Ella.

»Es wurde vermutet, dass er sich in seiner Ehre gekränkt fühlte, weil Vater Wolf ihn an Serafinas Krönungsveranstaltung wie ein Stück Dreck behandelt hatte. Das brennende Kleid am Grauen Haus, das Verschwinden der beiden, erhärtete den Verdacht. Dazu kam sein schlechter Ruf.«

Kießling nickte nachdenklich und versuchte, seine Gedanken zu ordnen.

»Da haben wir wieder mal eine ziemlich verzwickte Geschichte. Gekränkter, gewaltbereiter junger Mann zündet, vermutlich aus Rache, Häuser an, brennt mit der Weinkönigin durch und über ein halbes Jahrhundert später finden wir die Leiche seiner Freundin – was für ein Schlamassel!«

DER TEUFEL KOMMT EUCH HOLEN

Am selben Tag in einem elitären Golfclub.

Ausgelassen feierte die gut betuchte Gesellschaft einer privaten Veranstaltung auf dem Gelände eines Golfclubs in den Niederlanden, nahe der deutschen Grenze. In weiß gekleidete Kellner balancierten gekonnt mit Champagner gefüllte Tabletts durch die Reihen der Gäste. Auf dem Grün tummelten sich kleine Grüppchen, übertrafen sich gegenseitig mit der Beweihräucherung ihrer eigenen Person und lochten dabei den ein oder anderen Golfball ein. Auf der Terrasse des Clubs traf das Servicepersonal mit größter Sorgfalt die Vorkehrungen für ein aufzutischendes Büffet. Aus der hauseigenen Küche drang ein verführerischer Duft nach den feinsten Speisen. Durch die gekippten Fenster war das muntere Gewusel der Köche zu hören, die bereit waren, ihre Köstlichkeiten den Gästen zu präsentieren.

Inmitten der Gäste strahlte ein junges Geschwisterpärchen im Glanz der elitären Gesellschaft. Ebenfalls in elegant sportlichem Outfit gekleidet, trieben sie fleißig Konversation. Sie lachten, gestikulierten und sprachen in dem typisch oberflächlichen Jargon, wo jeder nur auf seinen eigenen Vorteil im Austausch bedacht war. Es ging um Besitz, Karriere und natürlich Geschäfte. Etwas angespannt blickte die junge Frau dabei ständig auf ihr Mobiltelefon. Ein älterer Herr in der Runde bemerkte die leichte Nervosität und fragte nach.

»Frau van Fraisaen, warten Sie auf dringliche Neuigkeiten?«

Ein wenig peinlich berührt schaute sie den Herrn an und antwortete mit einem verschmitzten Lächeln: »Nein, Dringliches gibt es nichts. Ich warte nur auf Nachricht von unserem Vater. Er wollte schon vor einer Stunde hier sein.«

Überschwänglich entgegnet ihr der Herr: »Ah, Ihr geschätzter Vater. In der Tat, wo steckt er? Normalerweise lässt er sich doch ungern den Kreis unserer Gesellschaft entgehen, geschweige denn zu spät zu kommen.«

Ihr Bruder schaltete sich in das Gespräch ein.

»Ich denke, er wurde aufgehalten. Wahrscheinlich werkelt er noch an ein paar Passagen seines neuen Romans und hat dabei die Zeit vergessen. Das kommt häufig vor.«

Verständnisvoll legte der Herr die Hand auf die Schulter der jungen Frau van Fraisaen.

»Da hat Ihr Bruder wohl recht. Machen Sie sich mal keine Sorgen. Ihr werter Herr Vater wird sicherlich gerade einen Geistesblitz, der ihn ereilt hat, auf Papier bringen. Wo wir gerade dabei sind, wann wird der neue Roman erscheinen?«

Der junge Herr van Fraisaen zog die Schultern ein Stück hoch und gestikulierte geheimnisvoll, als wüsste er mehr als das, was er preisgab.

»Nun, unser Vater hält sich bekanntlich sehr bedeckt, was die Fortschritte seiner Arbeit angeht. Aber ich kann

Ihnen versichern, dass es bald eine Überraschung geben wird.«

Er beendete den Satz mit einem Augenzwinkern und stellte damit den neugierigen Herrn zufrieden. Dieser erhob sein Champagnerglas und antwortete: »Das freut mich, zu hören. Dann möge sich Ihr Vater bedeckt halten und in seinem stillen Kämmerlein weiter an seinem neuen Werk feilen.«

Die beiden Geschwister grinsten ihrem Gesprächspartner noch höflich hinterher, nachdem der sich verabschiedet hatte. Diese Art von Gesprächen mussten sie häufig über sich ergehen lassen. Ihr Vater war in den Niederlanden ein bekannter Romanautor und somit in den hier agierenden Kreisen sehr angesehen. Gerade wenn es sich um Persönlichkeiten der Öffentlichkeit handelte, waren die Angehörigen dieser Gesellschaften immer auf eine gewisse Nähe bedacht, damit mit der Bekanntschaft zu einem namhaften Autor angegeben werden konnte.

Die Feier nahm ihren Lauf, ohne dass der Vater des Geschwisterpaares auftauchte. Nach weiteren inhaltsleeren Konversationen waren es die beiden leid. Merle van Fraisaen starrte auf ihr Mobiltelefon. Sie verzog angespannt die Mundwinkel.

Ihr Bruder fragte: »Noch keine Nachricht von Papa?«

»Nein, nichts. Ob ich mal anrufen soll?«

Ihr Bruder Hendrik schüttelte den Kopf.

»Nein, lass das mal. Du weißt, Papa kann es nicht leiden, wenn wir ihm hinterhertelefonieren. Dann wird er nur wieder so aufbrausend.«

Merle wollte gerade das Telefon in die Tasche stecken, da poppte eine Textnachricht auf. Schnell zog sie das

Handy wieder hervor und las die Nachricht ihrem Bruder vor.

»War auf dem Weg und habe eine Autopanne. Bitte holt mich ab! Ich schicke euch den Standort!«

Mit dem letzten Wort ploppte eine weitere Nachricht mit der Standortinformation auf.

Hendrik fragte verwundet: »Autopanne? Wieso ruft er nicht den Pannendienst?«

Seine Schwester nahm einen tiefen Atemzug, der auf eine aufkommende Missstimmung hinwies. Sie entgegnete: »Keine Ahnung. Wahrscheinlich ist er sich zu fein, den Automobilclub anzurufen, und wir dürfen das gleich für ihn machen. Ist aber nicht schlimm, ich habe eh keine Lust mehr auf dieses Schaulaufen hier.«

Ihr Bruder stimmte zu. »Da hast du recht. Machen wir, dass wir hier wegkommen. Wenn Papa später noch mal her möchte, kann er allein mit unserem Auto fahren und wir warten auf den Pannendienst.«

Still und leise entfernten sich die beiden von der Feier. Auf dem Parkplatz gaben sie dem Parkwächter ihre Schlüsselmarke und zwei Minuten später wurde vom Parkservice ihr Wagen vorgefahren. Hendrik stieg auf der Fahrerseite ein und drückte dem Mitarbeiter noch ein Trinkgeld in die Hand. Merle stieg auf der Beifahrerseite ein und gab direkt die Standortinformation in das Navigationsgerät ein.

Entgeistert stellte sie fest: »Wo ist der denn? Hat er sich etwa in einem Waldweg festgefahren?« Dabei zeigte sie mit dem Finger auf das Navigationsdisplay und fuhr fort: »Schau mal! Das ist ja mitten im Wald, ein ganzes Stück von der Straße entfernt.«

Hendrik zuckte nichtsahnend mit den Schultern und antwortete: »Keine Ahnung. Vielleicht hat er wieder eine spontane Romanidee und lässt sich dabei von Wald und Wiesen inspirieren.« Bei diesen Worten grinste er zynisch.

Merle ergänzte: »... und ist dabei stecken geblieben. Wahrscheinlich dürfen wir deshalb den Karren aus dem Dreck ziehen – er hat sich womöglich wirklich festgefahren.«

Amüsiert über die Vermutung fuhr das Geschwisterpaar los und folgte den Anweisungen des Navigationsgerätes. Nach einer knappen halben Stunde erreichten sie den Abzweig in einen Waldweg.

»Hier ist er reingefahren? Was zum Teufel wollte er hier?«, fragte Merle.

Ihr Bruder schüttelte wortlos den Kopf und steuerte den Wagen über den holprigen Weg in den dichten Wald. Nach ungefähr fünfhundert Metern tauchte nach einer Biegung ein Lieferwagen auf. Irritiert schaute Hendrik auf das Navigationssystem.

Er wandte sich zu seiner Schwester. »Hast du die richtigen Daten eingegeben? Da steht zwar ein Lieferwagen, aber das ist doch nicht Papas Auto.«

Merle glich noch mal die Daten aus der Nachricht mit den Eingaben im Navigationsgerät ab.

»Doch! Passt alles, hier muss es sein.«

Hendrik stoppte den Wagen neben dem Lieferwagen. Er drehte seinen Kopf zu Merle und sagte: »Bleib du sitzen, ich geh mal nachsehen.«

Er stieg aus und musterte das geparkte Fahrzeug. Laut rief er: »Papa?«

Keine Antwort. Er wiederholte den Ruf und bekam wieder keine Antwort. Bedächtig bewegte er sich von ihrem Auto weg und schritt langsam um den Lieferwagen herum. Merle blickte vom Beifahrersitz aus ihrem Bruder hinterher. Sie beschlich ein ungutes Gefühl und sie bekam es mit der Angst zu tun. Hendrik war hinter dem Lieferwagen verschwunden. Durch einen offenen Spalt im Fenster der Beifahrertür hörte sie das Knistern des Waldbodens, das von den Schritten ihres Bruders herrührte. Plötzlich vernahm sie einen dumpfen Schlag und dann lautes Rascheln, als sei jemand zu Boden gefallen. Intuitiv öffnete sie die Wagentür und rief erschrocken nach ihrem Bruder.

»Hendrik!«

Niemand antwortete. Totenstille. Merle zitterte. Sofort war ihr bewusst, dass etwas nicht stimmte. Sie begann, schwer zu atmen. Vor Angst füllten sich ihre Augen mit Tränen. Sekunden verstrichen, ohne dass sich etwas rührte oder ihr Bruder eine Antwort gab. Merle stieg aus dem Wagen aus und tastete sich vorsichtig Richtung Lieferwagen. Zentimeter um Zentimeter bewegte sich Merle vorwärts. Dann stand sie vor dem Fahrzeug und traute sich nicht, um die Ecke zu schauen, aus Angst, was sie dort erwarten könnte. Nach einem tiefen Atemzug nahm sie allen Mut zusammen und schritt mit schnellen Schritten um den Lieferwagen herum. Dort war nichts. Niemand war zu sehen. Ihre Angst stieg ins Unermessliche. Panisch wandte sie sich wieder ab, wollte zurück in ihr Auto flüchten. Sie drehte sich um die eigene Achse und unerwartet tauchte eine Person mit verhülltem Gesicht vor ihr auf. Ein Schrei brach aus ihr heraus. Doch der

Laut war nur kurz. Ihr Gegenüber sprühte Merle eine Flüssigkeit ins Gesicht, die ihr sofort die Sinne raubte. Sie brach zusammen und blieb regungslos am Boden liegen. Mit letzter Kraft versuchte Merle einen Blick auf den Angreifer zu erhaschen, doch die Intensität des Betäubungsmittels nahm ihr auch die letzte Energie und das Bild ihres Gegenübers verschwamm in der einsetzenden Dunkelheit. Sie fiel in eine tiefe Ohnmacht.

ES BEGINNT!

Früh am Morgen des nächsten Tages tummelte sich bereits eine Reisegruppe am Rheinufer vor Oestrich-Winkel. Die Kinder in der Gruppe rieben sich schlaftrunken die Augen und waren nicht begeistert vom Entdeckerdrang ihrer Eltern. Eines der Kinder zog vorwurfsvoll am Hemdsärmel seines Vaters und beschwerte sich: »Mensch Papa, warum müssen wir denn so früh hierherkommen? Wir haben doch Ferien.«

Der Vater zog seinen Arm weg, legte die Hand auf die Schulter seines Sohnes und versuchte, ihn für die morgendliche Sightseeingtour zu begeistern.

»Jetzt aber keine Müdigkeit vorschützen, wann hast du denn das letzte Mal so ein schönes Panorama gesehen? Deine Freunde in der Schule würden dich beneiden!«

Der Junge verzog sein Gesicht. Die begeisterten Worte des Vaters waren in keiner Weise überzeugend für einen Zehnjährigen, der eher von einem Abenteuerspielplatz als von langweiliger Kultur zu begeistern war. Der Gästeführer sprang dem Vater zur Seite.

»Junger Mann, da geb ich deinem Papa recht. Wir haben ganz tolle Sachen hier im Rheingau, die es sonst nur ganz selten in unserem Land gibt.«

Mit dem Finger deutete er auf den Oestricher Kran, der sich knappe fünfzig Meter weiter über das Rheinufer erhob.

»Schau mal da vorn. Da steht unser historischer Weinverladekran. Der ist was ganz Besonderes. Lauf mit den anderen Kindern doch schon mal vor und guckt euch das Bauwerk an. Wir sind auch gleich da.«

Tatsächlich wurden die Augen der Kinder größer, als sie den Kran erblickten. Der Gästeführer hatte genau den richtigen Nerv bei den Kindern getroffen und sie rannten frisch motiviert zu dem alten Kran. Erleichtert schaute der Vater den Tourguide an und bedankte sich.

»Puh, da haben Sie uns aber den Vormittag gerettet. Hatte schon befürchtet, unsere Kids würden uns auf der gesamten Tour in den Wahnsinn treiben.«

Der Gästeführer lachte und erwiderte: »Das ist doch normal. Als Kinder waren wir auch nicht anders. Aber machen Sie sich mal keine Gedanken. Wir haben hier auf unserer Tour noch einige spannende Highlights, die auch sicher für die Jüngeren interessant sind. Sehen Sie nur, wie gebannt sie den Kran anstarren.«

Mit einem Lächeln auf den Lippen drehten sich Vater und Gästeführer zu dem Kran um und sahen in der Tat, wie die Gruppe von Kindern vor dem Bauwerk stand und es wie in Trance nicht mehr aus den Augen ließ. Etwas irritiert von der Intensität, mit der die Kinder den Kran anstarrten, fügte er an: »Ich muss gestehen, so gebannt hat noch keiner auf unseren Kran geschaut.«

Der Gästeführer ließ sich davon weiter nicht beirren und schritt voran. »Ok, werte Gäste, die Kinder sind schon vorgerannt und wir kommen jetzt in den Genuss eines ganz besonderen Bauwerks hier im Rheingau. Unser einzigartiger Weinverladekran, der seit seiner Fertigstellung im Jahr 1745 hier das Rheinufer schmückt und ganze 181 Jahre, bis 1926, in Betrieb war.«

Während der Guide eifrig seine Geschichte erzählte, schloss die Gruppe zu den Kindern auf, die immer noch wie gebannt auf den Kran starrten. Der Gästeführer stellte sich zwischen die Kinder und den Kran und führte seinen Vortrag weiter aus. Die Erwachsenen, die inzwischen hinter den Kindern standen, begannen ebenfalls mit großen Augen auf den Kran zu starren. Der Gästeführer erzählte immer weiter. Nach einigen Sätzen schlich sich eine leichte Irritation in seine Ausführung. Er bemerkte, dass alle nur auf den Kran starrten und anscheinend niemand seinen Worten folgte. Er blickte in die Gesichter seiner Reisegruppe, versuchte die Aufmerksamkeit auf sich zu lenken.

»Wow, ich finde es ja toll, dass Sie unseren Kran mit einer derartigen Begeisterung mit den Augen verschlingen, aber hören Sie mir noch einen Moment zu, es gibt noch interessante Fakten zu dem Bauwerk.«

Zaghaft meldete sich eine Frau aus der Gruppe. »Darf ich eine Frage stellen?«

»Aber natürlich, immer heraus damit!«

Mit gedämpfter Stimme fragte die Frau: »Wurden hier auch Hinrichtungen durchgeführt?«

Der Gästeführer schüttelte amüsiert den Kopf. »Nein, natürlich nicht. Hier wurde nur Wein auf Schiffe verladen. Wie kommen Sie denn darauf?«

»Aber warum hängt dann da so geschmacklos eine Puppe dran?«

Wieder schüttelte der Gästeführer den Kopf, allerdings ohne diesmal von der Frage amüsiert zu sein. Er drehte sich um und erblickte einen lebensgroßen männlichen Körper, der am Ausleger des Krans baumelte. Er wusste nicht, was er davon halten sollte. Der Kopf des Körpers war mit einem sackähnlichen Stück Leinen verhüllt, sodass er im ersten Moment wie eine Puppe anmutete.

Er stotterte: »Jetzt bin ich etwas aus dem Konzept geraten, das ist eigentlich nicht normal. Hier hat sich wohl jemand einen Scherz erlaubt.«

Er ging näher heran, direkt unter den puppenähnlichen Körper, und schaute nach oben. Plötzlich wehte ein kräftiger Wind vom Fluss in ihre Richtung und setzte den Körper in Bewegung. Ein grausamer Geruch nach Tod und Verwesung erfüllte seine Nase. Mit einer schnellen Bewegung hielt der Gästeführer die Hand vor das Gesicht. Er lief kreidebleich an. Angewidert wandte er sich ab. Der Wind wurde stärker. Das Stück Stoff am Kopf wurde davon erfasst und flog im hohen Bogen davon. Der laute Schrei eines kleinen Mädchens aus der Reisegruppe brachte den Schrecken zum Ausdruck, der durch alle Menschen in der Gruppe fuhr, als sie in das aufgequollene Gesicht eines toten Mannes blickten. Eltern sprangen schützend vor ihre Kinder und verdeckten ihnen die Augen.

Der Gästeführer versuchte, die Fassung zurückzuerlangen. Mit zitternder Hand kramte er sein Mobiltelefon hervor und wählte den Notruf. Sowie er eine Stimme auf der anderen Seite der Leitung vernahm, sprach er fast keuchend in das Telefon: »Kommen Sie schnell nach Oestrich-Winkel zum Rhein – hier baumelt eine Leiche am Kran!«

Eine Frau tippte den panisch telefonierenden Gästeführer an und zeigte mit dem Finger auf die Leiche. Diese hatte sich im Wind gedreht und sie schauten auf den Rücken des Toten. Der Guide ließ das Telefon sinken und sie sahen in verwackelten Buchstaben auf das Hemd der Leiche geschrieben: Serafinas Leiden.

Andrang in Dr. Bergers Reich

Der Rheingau versank in einem Verkehrschaos. Durch den spektakulären Leichenfund am Oestricher Kran musste ein ganzer Teilabschnitt der Bundesstraße 42 gesperrt werden, die direkt am Tatort vorbeiführte. Die vielen Touristen, gepaart mit Berufspendlern, die ihren Weg durch und in den Rheingau suchten, mussten zwangsläufig einige Stunden auf der Straße verbringen. Ein älteres amerikanisches Ehepaar, das seinen Urlaub in der Weinregion verbrachte, verglich es süffisant mit dem Chaos des damaligen Woodstock Festivals in den USA – lediglich mit schönerer Aussicht auf den Rhein. Diese Prise Galgenhumor half vielen über die nervigen Stauverhältnisse hinweg. Andere machten ihrem Unmut Luft, indem sie unaufhörlich auf ihre Hupe drückten. Polizei und Feuerwehr hatten alle Hände voll zu tun, den Verkehr durch die anliegenden Ortschaften zu leiten, um so der Situation Herr zu werden.

Kießling hatte in weiser Voraussicht auf die Situation vor Ort seine Harley gesattelt, Assistentin Ella hinten drauf gepackt und schlug so dem Verkehrschaos ein Schnippchen. Nachdem die Leiche unter den Augen vieler schockierter Schaulustiger geborgen war und in Dr. Bergers Pathologie überführt wurde, standen Kießling und Ella noch einen Moment am Kran und unterhielten sich abseits der anderen Kollegen.

»Was denkst du, Ella? Erst wird eine wohl unglücklich verblichene Weinkönigin am Grauen Haus ausgebuddelt und heute baumelt ein toter Mann am Kran, mit ihrem Namen auf dem Hemd. Was zum Geier ist hier los?«

Ella rollte mit den Augen. Sie hatte mit ihrem Chef schon einiges in der Vergangenheit erlebt, und heute, so schien es, stand wieder ein sehr mysteriöser Fall ins Haus. In ihrem Kopf kreisten viele Gedanken. Sie versuchte, diese mit Kießling zu teilen.

»Ganz ehrlich, mir läuft es gerade eiskalt den Rücken runter. Wäre es doch nur bei der Leiche am Grauen Haus geblieben. Aber mit diesem Leichenfund heute steht uns sicher wieder viel Arbeit ins Haus.«

Kießling stimmte zu. »Das kannst du laut sagen. Wie krank muss man sein, um jemanden an so einem Ort aufzuknüpfen? Seltsam, dass es niemand bemerkt hat. Der hätte doch schreien müssen oder sonst irgendwas?«

»Vielleicht war er schon tot, als der Täter ihn am Kran hochgezogen hat?«, vermutete Ella.

»Hm, guter Ansatz«, stimmte Kießling zu und fuhr fort: »Dr. Berger wird uns sicher mehr dazu sagen können. Die Leiche müsste mittlerweile auf seinem Tisch gelandet sein. Lass uns fahren!«

Ella nickte, packte Kießling aber noch mal am Arm, bevor dieser auf seine Harley zusteuerte.

»Bitte fahr jetzt aber nicht wieder so schnell. Mir steckt die Todesangst von der Herfahrt immer noch in den Knochen.«

Der Kommissar grinste und feixte: »Denk einfach an deinen Arnold und mach dir kuschlige Gedanken.«

Ella gab ihm einen Klaps auf die Schulter für die anstößige Bemerkung. Beide gingen schnellen Schrittes zum geparkten Motorrad und machten sich auf den Weg zu Dr. Bergers Reich.

Eine Stunde später in der Wiesbadener Pathologie.

Dr. Berger wuselte durch den kalten, weiß durchfluteten Raum. Voll eingepackt in sein Obduktionsoutfit, mit Maske und Schutzbrille auf der Nase, wirkte er wie ein Außerirdischer in seinem Raumschiff. Seine Blicke schwankten zwischen dem Leichnam vom Oestricher Kran und der skelettierten Weinkönigin Serafina. Obduktionshelfer beobachteten ehrfürchtig ihren Chef. Einer von ihnen hielt das Hemd des männlichen Leichnams in der Hand, auf dem Serafinas Name stand. Gedanklich versuchte Dr. Berger bereits eine Brücke zu bilden, um zu finden, was die beiden miteinander verband. Augenscheinlich konnte er sich keinen Reim darauf machen. Schließlich lagen viele Jahrzehnte zwischen den beiden Toten. So sehr er versuchte, seinen objektiven Blick zu wahren, beschlich ihn ständig ein Gefühl, das sein Gemüt ins Gruseln versetzte. Tiefes Durchatmen holte ihn wieder zurück in die Realität seiner Pathologie. Er musste sich bemühen, seinen scharfen Blick auf den Moment zu richten. Die Umstände des Todes und deren Zusammenhänge waren die Aufgabe von Kommissar Kießling, seine Aufgabe lag jetzt in der objektiven Begutachtung der Toten. Er griff nach seinem Obduktionsbesteck und wollte sich wieder ans Werk machen, da rumpelte es vom Gang und Geräusche drangen in den Saal. Etwas verärgert, in seiner gerade wiedererlangten Konzentration gestört worden zu sein, richtete er seinen Blick auf die Tür. Durch diese traten Ella und Kießling, laut diskutierend.

»Ich hab dir gesagt, fahr nicht so schnell, jetzt sind wir hier in der Pathologie und mir war schon vorher schlecht«, jammerte Ella hinter dem voranschreitenden Kommissar.

Dieser grinste vor sich hin und entgegnete spöttisch: »Du bist ja genauso ein Weichei wie unser Doktor hier, wenn er auf der Rückbank sitzt. Ihr hättet als Kinder häufiger Achterbahn fahren sollen.«

Dr. Berger empfing die beiden mit einem stechenden Blick. Die plötzliche Lautstärke in seiner Pathologie empfand er als äußerst störend.

»Darf ich um Contenance bitten! Wir sind hier nicht in Ihrer Stammkneipe, Herr Kommissar.«

Provozierend drehte sich Kießling zu Ella und hielt seinen Zeigefinger vor den Mund.

»Pssst. Du störst unseren Dr. Berger bei seiner Arbeit.«

Ella versetzte ihrem Chef einen leichten Schubser und gab die zynische Attacke zurück.

»Nur weil du so durch den Rheingau geheizt bist …«, brachte Ella heraus, wurde aber von Dr. Berger unterbrochen.

»Können Sie beide jetzt mal aufhören mit Ihrem Gezeter, wir versuchen hier zu arbeiten«, fauchte der Pathologe, machte eine kurze Pause und fügte an: »Außerdem gebe ich Frau Nilsson recht, Sie fahren in der Tat wie eine gesenkte Sau – Herr Kommissar!«

Kießling verzog überrascht das Gesicht. Eine derartige Wortwahl war er von dem sich stets gewählt ausdrückenden Dr. Berger nicht gewohnt. Dass der Gerichtsmediziner zu einer solchen harschen Ausdrucksweise griff, ließ ihn vermuten, dass Dr. Berger wohl unter einer gewissen Anspannung stand. Er ging zu ihm an den Obduktionstisch und schaute auf den Leichnam vom Kran. Bei diesem Anblick glich sich sein schelmisches, warmes Auftreten schnell an die kühle Raumtemperatur an. Dazu kam ein beißender Geruch, der die scherzhaft untermalte Konversation umgehend im Keim erstickte.

Mit ernster Stimme fragte er den Pathologen: »Können Sie uns schon etwas dazu sagen, was auf den Hergang hindeuten könnte?«

Dr. Berger sammelte sich, blickte kurz zu Ella, die sich neben ihrem Chef einreihte.

»Nach einer ersten oberflächlichen Begutachtung kann ich mit Gewissheit sagen, dass der Tod schon vor dem Aufhängen eingetreten war.«

Er zeigte auf Würgemale in der Halsregion und erklärte: »Sehen Sie diese Male hier? Diese stammen nicht von dem Strick, der als Galgen diente.«

Kießling ging mit dem Kopf näher heran, begutachtete die Verletzungen.

»Ja, sieht so aus, als wäre er vorher stranguliert worden.«

Kießling richtete sich wieder auf und dachte laut nach.

»Demnach wurde er an einem anderen Ort umgebracht und im Nachhinein an den Kran gehängt. Das erklärt, warum niemand Schreie oder Hilferufe gehört hat.«

Der Gerichtsmediziner stimmte zu. »So ist es. Einen lebendigen Menschen aufzuhängen, wäre nicht ohne entsprechenden Geräuschpegel vonstattengegangen. Das Aufhängen eines Toten konnte im Schutz der Dunkelheit ohne Probleme durchgeführt werden.«

Ella fragte in die Runde: »Konnten Sie einen Zusammenhang mit der skelettierten Leiche feststellen?«

»Sie meinen außer dem Hemd, dass offensichtlich ihren Namen trägt?«

Ella nickte stillschweigend.

»Nein, dafür ist die Zeit zu kurz. Ich habe bereits DNA-Proben beider Leichen in Auftrag gegeben, um einen eventuellen familiären Hintergrund festzustellen. Dazu wird auch die Kleidung des Toten überprüft, ob dort fremde DNA-Spuren zu finden sind.«

»Wie lange dauert das?«, fragte Kießling.

Dr. Berger nickte und entgegnete: »Ein paar Stunden müssen Sie sich noch gedulden.«

Der Kommissar schaute nachdenklich drein. Vor seinem inneren Auge bildete sich ein Konstrukt aus Fragen, die dieser Fall bereits jetzt aufwarf. Ihm wurde klar, dass jede Menge Arbeit auf ihn und sein Team wartete.

»Ok, dann geben Sie Gas. Wir brauchen unbedingt erste Ergebnisse, bevor der Staatsanwalt …« Seine Ausführung wurde vom Klingeln seines Mobiltelefons unterbrochen. Er zog es aus der Tasche und schaute aufs Display. »Wenn man vom Teufel spricht.«

»Staatsanwalt Koch?«, fragte Ella.

Kießling bestätigte ihre Vermutung mit verzogener Miene. Er ging ans Telefon.

»Herr Staatsanwalt, gerade wollte ich Sie anrufen.«

Laute Worte drangen durch den Lautsprecher des Handys. Kießling hielt es einige Zentimeter vom Ohr weg, da sein Gesprächspartner eine unangenehme Lautstärke an den Tag legte. Ella und Dr. Berger versuchten, aus sicherer Entfernung dem Inhalt zu folgen, doch die Worte durch das Mobiltelefon waren für die beiden unverständlich.

Kießling folgte dem Gespräch geduldig und beendete es nach einigen Minuten mit den Worten: »Ist in Ordnung, wir kommen gleich!«

Ella und Dr. Berger blickten fragend den Kommissar an, der kurz nach Luft rang. Sie ahnten, was jetzt anstand.

Kießling schaute beide an und nickte mit dem Kopf.

»Ella, wir haben jetzt einen Termin beim Staatsanwalt!«

Sie schnappten sich einen Dienstwagen, der vor dem Gebäude parkte, und machten sich auf den Weg.

ANSAGE VOM CHEF

Dreißig Minuten später fuhren Ella und Kießling vor dem Bürogebäude vor, in dem sich das Dienstzimmer des Staatsanwaltes befand. Entgegen der gewöhnlich zügigen Fahrweise des Kommissars fuhr er fast in Zeitlupe auf den Parkplatz. Er konnte es auf den Tod nicht ausstehen, wenn der Staatsanwalt ihn und sein Team herbeizitierte. Er sah es grundsätzlich als verlorene Zeit an, die er besser in seine Ermittlungsarbeit steckte, besonders bei so kniffligen Fällen. Seiner Auffassung nach würde es ein kurzer Anruf tun, um seinem Vorgesetzten neue Erkenntnisse auf den Tisch zu legen. Sobald er handfeste Fakten in der Tasche hätte, würde er diese den Oberen schon mitteilen. Aber er wusste um den tieferen Sinn dieser Treffen. Ein böser Mensch hat ein schlimmes Verbrechen verübt und dieses zu allem Überfluss der breiten Öffentlichkeit präsentiert. Medien sind scharf wie ein frisch geschärftes Fleischermesser, und damit geht das Elend los. Staatsanwalt Koch bekommt Druck von seinem Vorgesetzten und muss die Fackel bis ans Ende der Kette, zu ihm und seinem Team, weitergeben. Als ob er und seine Leute nicht um die Brisanz wüssten, aber so war nun mal der Gang der Dinge. Kießling würde sich nie daran gewöhnen.

Nachdem der Kommissar an mehreren freien Parkbuchten vorbeigefahren war, fragte Ella: »Kannst du dich nicht für einen Parkplatz entscheiden?«

Kießling seufzte und antwortete: »Lass mich noch ein wenig den Frieden der geparkten Autos genießen, bevor es in die Höhle des Löwen geht.«

Ella grinste.

»So schlimm wird's schon nicht. Bis jetzt konnten wir ja noch nicht viel tun.«

»Genau das ist mein Problem. Wenn's nach unserem Staatsanwalt ginge, müssten der oder die Täter sauber verpackt in einer Gefängniszelle unterm Tannenbaum liegen.«

Ella nickte. Wortlos gab sie Kießling recht. Sie war ebenfalls schon lange genug dabei und mit diesen Spielchen vertraut.

Kießling fasste sich ein Herz und fuhr in eine Parklücke am Ende des Platzes. Die beiden stiegen aus und gingen gemächlich zum Eingang. Der Kommissar zog die Schwingtür auf und sofort kam ihnen dieser staubtrockene Geruch entgegen, den Behördengebäude wohl exklusiv für sich gepachtet hatten. Sie gingen hinein und steuerten auf den Fahrstuhl zu. Auf dem Weg dorthin kam ihnen die Sekretärin von Staatsanwalt Koch entgegen. Sie trug einen Stapel mit Akten und blickte nicht gerade freudig drein. Kießling stoppte und erkundigte sich sicherheitshalber im Vorfeld nach der Stimmung.

»Tach Frau Kern, alles gut bei Ihnen?«

Die Sekretärin schnappte nach Luft und begrüßte den Kommissar ebenfalls.

»Hallo Herr Kießling, gut, dass Sie da sind. Da oben brennt die Luft.«

Ella fragte nach: »So schlimm?«

»Na das können Sie sich doch sicher denken. Seit dieser Galgenleiche rappeln unentwegt die Telefone. Die Presse stellt laufend Fragen und die politische Riege kriecht dem Staatsanwalt förmlich ins Ohr.«

Kießling nickte und richtete seinen Blick nach oben.

»Kann ich mir vorstellen. Ich hätte es mir zurzeit gern erspart und lieber ein paar Ergebnisse abgewartet.«

»Kann ich mir vorstellen. Aber Sie wissen doch, wie es läuft. Lassen Sie ihn erst mal Dampf ablassen, dann erzählen Sie ihm irgendwas, damit er gleich ein paar Häppchen für die Pressekonferenz hat.«

Kießling drehte seinen Kopf blitzschnell zu Frau Kern und fragte entsetzt: »Pressekonferenz? Davon hat keiner was gesagt.«

Die Sekretärin verzog das Gesicht. Ihr war klar, dass ihr Chef Kießling davon nichts erzählt hatte. Indem er den leitenden Kommissar zu sich zitierte, hatte er die Möglichkeit, den Kommissar mit zu den Pressevertretern zu nehmen und konnte sich so selbst aus der Affäre ziehen.

»Oh, Herr Kießling, das tut mir leid. Sie haben mein Mitgefühl. Ich muss jetzt leider weiter, habe mir extra ein paar Akten geschnappt und verschwinde jetzt ins Archiv. Da ist es heute wesentlich ruhiger. Hals- und Beinbruch.«

Frau Kern verschwand mit diesen Worten ins besagte Kellerarchiv. Kießling wandte sich zu Ella und sagte: »Komm, lass uns verschwinden. Wir rufen den Staatsanwalt von unterwegs an und sagen, wir haben dringende Hinweise erhalten, denen wir nachgehen müssen. Den Pressemist tue ich mir nicht an.«

Ella zögerte einen Moment, war aber dann bereit, Kießlings Vorschlag in die Tat umzusetzen. Zu allem Unglück kam es nicht so weit. Die Fahrstuhltür im Foyer öffnete sich und Staatsanwalt Koch kam schnellen Schrittes heraus. Sofort nahm er Blickkontakt mit dem Kommissar auf.

»Kießling, da sind Sie ja endlich!«, rief er in lautem Ton durch die Eingangshalle.

Der Kommissar drehte sich kurz zu Ella und flüsterte: »Als hätte er es gerochen.«

Dann wandte er sich Staatsanwalt Koch zu und rief: »Herr Staatsanwalt, tut uns leid, dass wir etwas spät sind, aber die Ermittlungen in dem Fall erfordern unsere ganze Aufmerksamkeit. Wenn Sie erlauben, werden wir die ersten Erkenntnisse später präsentieren.« Er machte eine kurze Pause, überlegte, zog sein Mobiltelefon aus der Tasche und fuhr fort: »Dr. Berger hat gerade mit dringlichen Neuigkeiten angerufen. Wir müssen sofort los.«

Auf das Manöver fiel der Staatsanwalt nicht herein.

»Das können Sie vergessen, hiergeblieben! Sie kommen erst mit mir vor die Presse. Die Neuigkeiten vom Berger können Sie danach abholen, dann haben wir wenigstens noch etwas Futter in der Hinterhand. Was haben Sie für den Moment?«

Kießling atmete resigniert aus und berichtete Staatsanwalt Koch von den ersten Erkenntnissen, die sie vorhin in der Pathologie erhalten hatten. Dazu kamen die Verbindungen zum Fund der Leiche, von Weinkönigin Serafina, am Grauen Haus in Oestrich-Winkel. Der Staatsanwalt lauschte den Worten des Kommissars aufmerksam. Dabei hielt er seine Hand zur Faust geballt vor seinen Mund und nickte permanent. Er wirkte nicht zufrieden. Nachdem Kießling seine Ausführungen beendet hatte, schnaufte Koch wie ein Stier, der kurz vor seinem Auftritt in der Arena steht.

Er polterte los. »Und mit dieser Schauergeschichte soll ich jetzt vor die Presse treten?«

Ein vorwurfsvoller Unterton war deutlich herauszuhören. Er schnauzte weiter: »Was ist mit verdächtigen Personen, handfesten Fakten? Mit dieser abenteuerlichen Geschichte von einer toten Weinkönigin und einem Fetzen, auf den ihr Name draufgeschmiert ist, kann ich doch nicht arbeiten. Was hat denn Dr. Berger bis jetzt herausgefunden?«

»Wir warten noch auf die Ergebnisse. So schnell geht das auch nicht«, verteidigte sich Kießling.

»Wie dem auch sei. Die Geschichte können Sie jetzt vor der Presse erzählen. Ich musste heute schon den ganzen Tag gefühlt jedem Politiker, der hier was zu sagen hat, Rede und Antwort stehen. Mein Soll ist erfüllt.«

Mit diesen Worten packte der Staatsanwalt den Kommissar am Arm und schleifte ihn in den Presseraum, der bereits prall gefüllt mit Medienvertretern war. Ella hielt sicheren Abstand und blieb am Eingang des Raumes in der Tür stehen. Sie versuchte, Kießling mit ihren Blicken moralische Unterstützung zu senden.

Staatsanwalt Koch begrüßte die Presse und kündigte nach ein paar einführenden Worten umgehend Kommissar Kießling als Leiter der Ermittlungen an. Dieser rollte nur die Augen und gab sich alle Mühe, die wenigen Fakten gut verpackt an die Pressemeute zu geben. Nach seiner Erklärung rollte ein Bollwerk an Fragen auf ihn zu. Wie schon dem Staatsanwalt zuvor konnte er zu den erwarteten Fragen nach Verdächtigen oder neuen Erkenntnissen keine Antworten präsentieren. Der Presse schmeckte es gar nicht, dass sie relativ wenig Futter bekamen. So wurde es im Saal immer lauter und nach kurzer Zeit herrschte ein wahlloses Durcheinander. Kießling hatte genug. Mit lauter Stimme versuchte er sich Gehör zu verschaffen und vertröstete die Presse auf die nächsten Tage, wo es mit Sicherheit mehr zu berichten gibt. Mit einem heftigen Ruck schob er seinen Stuhl zurück, stand auf und ging schnellen Schrittes durch den Raum zu Ella. Er packte seine Assistentin am Arm und zog sie auf den Gang hinaus.

»Lass uns schnell verschwinden, bevor der Koch auch noch rauskommt. Der kann sich jetzt weiter mit diesen Schmierfinken rumschlagen.«

Der Staatsanwalt schaute Kießling vorwurfsvoll hinterher, hatte aber alle Hände voll zu tun, wieder Ordnung ins Chaos zu bringen. Nichts für Kießling. Der beeilte sich, um mit Ella schnell die Kurve zu kratzen. Auf dem Parkplatz sprangen sie ins Auto, knallten die Türen zu und atmeten erst mal durch.

»Meine Güte, ich hasse diese Presseleute. Können die uns nicht einfach mal unsere Arbeit machen lassen?«, schimpfte Kießling.

Ella kommentierte nicht, stimmte aber kopfnickend zu. Der Kommissar wollte gerade den Schlüssel rumdrehen, um den Motor zu starten, da klingelte sein Handy.

Ein Anruf von Dr. Berger wurde angezeigt. Schnell nahm Kießling das Gespräch an.

»Was gibt's, Doc?«, eröffnete er das Gespräch.

Dr. Berger intervenierte sofort. »Können Sie mich bitte nicht mit Doc ansprechen? Das ist respektlos. Ich nenne Sie doch auch nicht Bulle!«

Kießling brummelte genervt ins Telefon zurück: »Jetzt stellen Sie sich doch nicht so an. Ich musste gerade einen Affentanz mit Staatsanwalt und Presse ertragen.«

»Ist ja gut«, beruhigte Dr. Berger. »Also, die Ergebnisse aus der DNA-Analyse sind da.«

»Und?«, fragte Kießling neugierig.

»Nichts. Keine Übereinstimmung. Wie geht's jetzt weiter?«

Der Kommissar überlegte kurz und resignierte.

»Ich hab' keine Ahnung. Lassen Sie uns für heute Feierabend machen. Ich muss den Tag erst mal sacken lassen. Morgen wird's schon irgendwie weitergehen.«

Ohne sich zu verabschieden, legte Kießling auf. Ella blickte ungläubig zu ihm rüber.

»Echt? Jetzt Feierabend?«

»Jo, fahr mal du zu deinem Arnold, grüß schön und macht euch einen entspannten Abend.«

»Und was machst du?«, fragte Ella.

Kießling zögerte mit seiner Antwort und überlegte. Er zuckte mit den Schultern und antwortete: »Keine Ahnung. Am besten setze ich mich auf mein Moped und blas mir den Kopf frei.«

Gesagt, getan. Der Kommissar lieferte Ella bei ihrem Auto ab, stieg auf seine Harley, die noch vor Dr. Bergers Pathologie parkte, und donnerte in Richtung Rheingau.

WOHLTUENDE ZWEISAMKEIT

Nach einem kurzen Halt zu Hause machte sich Ella auf den Weg zu ihrem geliebten Winzer Arnold. Dieser war noch fleißig in einem seiner Weinberge zugange und daher wollte Ella ihn mit einem kleinen Picknick überraschen. In ihrer Wohnung packte sie ein paar Kleinigkeiten zum Essen und eine Flasche Rotwein ein. Sie hoffte auf ein paar ruhige Stunden, da die aufwühlenden Ereignisse nicht spurlos an ihr vorübergingen. Auf dem Weg nach Lorch kam sie am Oestricher Weinverladekran vorbei. Die Polizeiabsperrungen waren noch immer aufgebaut. Ihre Gedanken kreisten unweigerlich um den schaurigen Anblick, wie die Leiche an einem Strick dort oben gebaumelt hatte. In der Vergangenheit hatte sie schon einige Verbrechen und gefährliche Momente erleben müssen, doch dieser Fall barg eine erschreckende Note in sich. Die Polizistin in ihr fand keine Ruhe, und immer wieder fragte sich Ella, was in einem Menschen vorging, der zu solch einer Tat fähig war. Was trieb ihn dazu an? Auf der Polizeischule wurde ihnen immer wieder eingetrichtert, sich die Taten aus Sicht der Täter vor Augen zu führen. Für einen Außenstehenden wohl eine logische Vorgehensweise, doch für die ermittelnden Beamten eine grauenvolle Vorstellung. Sie erlebten hautnah die Tatorte, kamen in direkten Kontakt mit den Opfern. Dies barg eine völlig andere Qualität der Wahrnehmung. Es bedurfte viel Training und Willensstärke, sich diesen Situationen immer wieder auszusetzen. Trotz ihrer guten Ausbildung und starker Persönlichkeit hinterfragte sie bei jedem schwierigen Fall, ob es das alles wert war, sich dieser psychischen Belastung immer aufs Neue auszusetzen. Ihr Sinn für Gerechtigkeit und der Wunsch um mehr Sicherheit für die Menschen beantwortete ihr allerdings immer wieder diese schwierige Frage. Es würde sie weitaus mehr quälen, wenn ein Verbrecher davonkäme und sie nichts getan hätte. Ein weiterer, großer Rückhalt war immer Kießling, der in jeder Situation bedingungslos hinter ihr stand. Mit Hilfe seiner breiten Schultern ließ sich so manches Gewicht besser tragen.

Der Tatort lag nun einige Kilometer hinter ihr und rückte auch in ihren Gedanken in weite Ferne. Die Vorfreude auf einen schönen Abend mit ihrem Arnold erhellte das Gemüt der Polizistin. Angekommen in Lorch fuhr sie durch die schmalen Wege in die Weinberge hoch. Der Blick von hier oben zauberte immer wieder ein Gefühl des Friedens in ihr Herz und der Kopf kam zur Ruhe. Der Rhein floss kraftvoll durch das Tal und schien alle Sorgen mit sich zu nehmen.

Sie drosselte die Geschwindigkeit und blickte sich nach Arnold um. Schnell erkannte sie seinen Traktor, der am

Fuße eines Weinbergs parkte. Sie stellte den Wagen ab, holte den Picknickkorb aus dem Kofferraum und ging ein paar Schritte. Dabei schaute sie prüfend in die Weinbergzeilen, bis sie Arnold entdeckte. Der war derart in seine Arbeit vertieft, dass er Ella nicht bemerkte. Vorsichtig schlich sie sich heran, stellte sich unten an die Zeile und wartete, bis Arnold Notiz von ihr nahm. Sobald er seine Freundin erblickte, begannen seine Augen zu strahlen. Er hatte heute Abend nicht mehr mit ihr gerechnet. Freudig überrascht ließ er umgehend seine Arbeit ruhen und joggte schwungvoll die Zeile hinunter. Dann schloss er Ella in die Arme und drückte ihr einen innigen Kuss auf die Lippen.

Erfreut über die schöne Begrüßung sagte Ella aus der Umarmung heraus: »Wow, nicht so stürmisch. Als hätten wir uns wochenlang nicht gesehen.«

Arnold lachte und entgegnete: »Ich hatte befürchtet, dass wir uns bei eurem schrägen Fall wieder länger nicht sehen, da ihr mit Sicherheit über beide Ohren in Arbeit steckt. Von daher ist dir die Überraschung gelungen.«

Ella hob den Picknickkorb an und präsentierte ihn ihrem Arnold.

»Da hast du nicht unrecht, von daher hab ich uns bisschen was zum Genießen eingepackt.«

Arnold schielte in den Korb und ließ seine Vorfreude erkennen.

»Du hast ja an alles gedacht. Na dann mache ich jetzt Feierabend und wir suchen uns ein kuscheliges Plätzchen.«

Der Winzer schnappte sich, ganz Gentleman, den Picknickkorb, nahm Ella an die Hand und sie gingen zu einer kleinen versteckten Lichtung, die zwischen den Weinbergen lag. Ella hatte gut vorgesorgt und neben einer Decke für den Boden eine weitere zum Zudecken mitgebracht, da es zur fortgeschrittenen Stunde etwas kalt werden konnte. Sie breitete die Decke aus und die beiden ließen sich genüsslich auf den Boden sinken. Arnold ließ keine Zeit verstreichen. Er nahm Ella sofort in den Arm und sie versanken in leidenschaftlicher Zweisamkeit. Sanft strich Arnold durch Ellas Haare. Sie umklammerte seinen Hals, zog Arnold immer fester an sich heran. Mit jeder Sekunde, die um sie herum verstrich, verschwanden die Gedanken rund um den Fall. Immer wieder ließen sie kurz voneinander ab und schauten sich tief in die Augen. Der Duft des anderen ließ sie immer weiter in eine Welt fernab der Realität eintauchen.

Mit der Zeit setzte die Dämmerung ein. Arm in Arm lagen Ella und Arnold auf dem Boden, ein Stück weit zugedeckt, mit Blick in den Himmel.

»Könnte das nicht jeden Tag so sein?«, seufzte Ella.

Arnold überlegte kurz, was er entgegnen könnte. Er genoss den Moment zu sehr und wollte sie beide nicht so schnell wieder in die Realität zurückholen.

Er drehte den Kopf zu Ella und murmelte: »Jetzt sind wir hier und alles andere ist egal.«

Ella lächelte verschmitzt, richtete sich nach einem kurzen Moment auf und zog die Flasche Rotwein aus dem Korb.

»Dann sollten wir darauf anstoßen.«

Sie gab Arnold die Flasche, wühlte noch einen Korkenzieher aus dem Picknickkorb und reichte ihm das Werkzeug. Der Winzer drehte gekonnt den Öffner in den Korken der Flasche und zog diesen mit einem lauten Ploppen heraus. Ella reichte Arnold zwei Gläser und dieser füllte diese großzügig mit dem guten Tropfen. Sie erhoben die Gläser und ließen diese sanft aneinander klingen.

Kurz nachdem die Gläser ausgeschwungen hatten und sie den ersten Schluck nehmen wollten, knirschte der Boden hinter ihnen. Ella schreckte auf und ließ reflexartig das Glas sinken. Jemand schien sich zu nähern und der warnende Instinkt der Polizistin war erwacht. Arnold drehte sich ebenfalls um und schaute prüfend auf die Umgebung.

»Da ist jemand!«, flüsterte Ella. Eine beunruhigende Spannung kam in den beiden auf. Sie hatten beide schon zu viel erlebt, sodass schnell die Alarmglocken schrillten, wenn eine unerwartete Situation eintrat. Ella überlegte kurz, wo ihre Dienstwaffe war. Schnell wurde ihr klar, dass diese im Kofferraum ihres Autos lag.

Die Schritte kamen näher. Sie waren sehr dicht und rührten nicht vom Weg, der oberhalb des Weinberges lag. Jemand schien um die Lichtung herumzuschleichen. Ella und Arnold folgten mit ihren Blicken den Geräuschen, die von zerbrechenden Zweigen unter schwerem Schuhwerk herrührten. Schützend schob sich Arnold vor Ella. Die Schritte stoppten, eine Hand kam durch die Sträucher der Lichtung und schob die Äste beiseite. Die Anspannung stieg in beiden immer höher. Plötzlich schob sich ein Kopf durch die entstandene Öffnung. Ella griff nach einem Stein, machte sich wurfbereit, ließ diesen aber schnell wieder sinken, nachdem sie das Gesicht des unerwarteten Besuchers erkannte.

»Ei Gude, ihr zwei! Hab ich doch rischtisch gehört, dass jemand eine Weinflasch' aufgezohe' hat, gefolgt von einem einladenden Gläserklingen«, hallte es aus dem Mund von Willi, der jetzt vollends auf der Lichtung stand.

Die Anspannung fiel von Ella und Arnold ab. Durch die Aufregung des neuen Falls kam unweigerlich eine vereinnahmende Vorsicht in ihnen auf, die durch den unerwarteten Besuch noch verstärkt wurde.

»Mein Gott, Willi, du hast uns aber einen gehörigen Schrecken eingejagt«, sagte Arnold, immer noch von der Aufregung gezeichnet.

»Oh, das tut mir jetzt aber leid, ich wollt' euch zwei Turteltäubchen nit erschrecke'. Aber ich dacht' mir schon, dass ihr das seid.«

»Wie kamst du denn darauf?«, wollte Ella wissen.

»Ei, die Lichtung is' direkt am Arnold seinem Weinberg und wenn do en Flasch' Wein ploppt, kann das ja wohl nur mein lieber Nachbar mit seiner bezaubernden Freundin sein.«

Dabei setzte Willi ein schelmisches Grinsen auf. Ella und Arnold mussten unweigerlich lachen. Zwar hatte der Rentner ihre romantische Zweisamkeit jäh unterbrochen, doch ihm konnte man einfach nicht böse sein.

»Komm her, du alter Zausel«, rief ihm Arnold scherzhaft entgegen.

Ella zog ein drittes Glas aus dem Picknickkorb und sagte: »Als ob ich es geahnt hätte, hab ich noch ein Ersatzglas dabei.«

Willi lachte und setzte sich zu den beiden auf die Decke.

»Na siehste wohl, ich muss mich schon gar nit mehr ankündige'. Sobald ein gutes Tröpfche' aufgezohe' wird, steht ein Glas für mich bereit.«

Ella schenkte ihm ein und die drei ließen die Gläser erneut erklingen. Willi konnte seine Neugierde nicht unterdrücken und erkundigte sich nach den Geschehnissen rund um den Fall. Ella druckste etwas herum. Ihr stand nicht der Sinn danach, sich wieder mit den Vorfällen auseinanderzusetzen. Sie war froh, dass diese Gedanken weitestgehend verflogen waren. Kurz und knapp erzählte sie ein paar Einzelheiten. Willi bemerkte, dass die Ereignisse der jungen Polizistin sehr nahe gingen und so lenkte er schnell wieder vom Thema ab.

»Lass gut sein. Hier in dem scheene Weinberg müsse' mir nit über so unerfreuliche Krempel schwätze'. Der Kießling kann sich heut' Abend damit rumschlage'. Wo is' der eigentlich?«

Ella zog die Schultern hoch und antwortete: »Der ist vorhin auf seine Harley gestiegen und wird sicher irgendwo eingekehrt sein.« Dann grinste sie und erwähnte die Pressekonferenz. »Unser Staatsanwalt hat ihm übel mitgespielt und vor die Presse gezerrt.«

Willi amüsierte die Vorstellung. Er kannte den Kommissar mittlerweile gut und wusste, dass ihm diese Tortur sicher nicht schmeckte. »Ha, da hat ihm euer Staatsanwalt aber ein Ei ins Nest gelegt. Darüber hat sich unser Superbulle doch sicher gefreut wie 'en Bub im Sandkaste'.«

»O ja, da bin ich sicher«, ergänzte Arnold und nippte an seinem Rotwein.

Willi hob sein Glas und sprach Ella Mut zu.

»Denk' immer dran, zusamme' habe mir damals so einem ganze kriminelle' Orden das Handwerk gelegt. Der jetzt do' sein Unwese' treibt, wird sich wünsche', niemals gebor'n worde' zu sein, wenn ihr dem erst mal auf de' Fersen seid!«

Damit spielte er auf den vergangenen Fall in Lorch an, wo sie gemeinsam einer Schar von Verbrechern das Handwerk gelegt hatten. In der Tat schenkte der Gedanke an diesen gefährlichen Fall Ella neuen Mut. Ihr wurde wieder klar, wozu sie gemeinsam im Stande waren und dass sie sich immer auf ihre Freunde verlassen konnte.

»In diesem Sinne«, sagte Ella und stieß mit Arnold und Willi auf einen hoffentlich ruhigen sowie entspannten Abend an.

KEIN FEIERABEND

Im Gegensatz zu seiner Assistentin Ella schaffte es Kießling nicht, einen Ort der Ruhe zu finden. Normalerweise trieb ihm eine entspannte Runde auf seiner Harley die Gedanken an die Arbeit aus dem Kopf. Nicht dieses Mal. Er drehte einen Schlenker durch den Rheingau und kam zwangsläufig am letzten Tatort, dem Weinverladekran vorbei. Sofort war er wieder voll im Ermittlungsmodus. Ständig kamen die bereits bekannten Fakten des Falles in ihm hoch. Er fuhr zum Grauen Haus, stellte seine Maschine vor dem historischen Gebäude ab und starrte konzentriert auf die Stelle, an der Serafinas Skelett ausgegraben worden war. Vor seinem inneren Auge liefen Szenarien ab, was damals passiert sein könnte und wie diese Ereignisse mit denen von heute zusammenpassten. Sein Fokus lag auf der Person Anton Gerber. Angenommen, er war damals für Serafinas Verschwinden verantwortlich, was bewegte ihn Jahrzehnte später dazu, einen derart grauenvollen Mord zu begehen und die Leiche zu allem Überfluss auch noch so öffentlichkeitswirksam zu präsentieren? Diese Frage war schwer zu beantworten. Zudem hatten sie bis dato keine Hinweise auf die Identität des

Toten. Vielleicht gäben diese mehr Aufschlüsse auf die Motive der Tat und brächten ein paar Antworten.

Es wurde kühl. Ein frischer Wind blies dem Kommissar um die Ohren. Kießling rieb sich die Hände und stapfte zurück zu seiner Harley. Er hielt kurz inne und sah sich um. Der Polizist hatte keine Lust, jetzt nach Hause zu fahren und grübelnd auf der Couch zu liegen. Im Büro wäre es nicht besser. Manchmal half es, auf die Arbeit zu fahren und über die Fakten des Falles zu sinnieren. Allerdings lagen die einzigen Fakten bei Dr. Berger in der Pathologie und mehr hatten sie zu diesem Zeitpunkt einfach nicht. Kießling blickte die Straße hoch. Einige Straußwirtschaften reihten sich dort aneinander und er entschied sich für klassische Polizeiarbeit. Unters Volk mischen und schauen, was bei den Einheimischen zu erfahren war. Häufig waren dies die Schlüsselmomente für unerwartete Erkenntnisse. Er schob sein Motorrad auf einen nahe gelegenen Parkplatz und sperrte das Lenkerschloss ab. Da er jetzt die Intention hatte, vor Ort ein paar Ermittlungen anzustellen, wäre es sicherer, die Harley stehen zu lassen. In einer Straußwirtschaft floss auch gern das ein oder andere Gläschen Wein. In dieser Weise wäre das Angenehme mit dem Nützlichen verbunden. Kießling stapfte die Straße hoch. Je näher er der Gaststätte kam, desto lauter wurde der Geräuschpegel. Die Stimmen der Gäste waren bereits aus der Ferne zu vernehmen. Schon an der Eingangstür duftete es nach leckerer Hausmannskost und uriger Gaststube. Allein dieser Geruch hellte sein Gemüt etwas auf.

Er trat ein. Es war angenehm warm. Kießling zog seine dicke Lederjacke aus und warf diese schwungvoll über seinen Rücken. Den Helm hatte er unter seinen Arm geklemmt. Die Gaststube war voll, jeder Tisch besetzt. Ein lautes Geschnatter erfüllte den Raum. Das Gesprächsthema schien überall gleich zu sein. Es ging natürlich um den Toten vom Kran und den Fund von Weinkönigin Serafina. Der Kommissar schaute sich um und suchte einen freien Platz. Schnell wurde er von ein paar älteren Herren an einem runden Tisch in der Mitte des Lokals erkannt.

»Guck' ehmo do, des ist doch der Kommissar. Komme' Sie bei uns, mir schwätze auch grad über Ihren Fall!«

Kießling überlegte nicht lange und gesellte sich zu dem Altherren-Stammtisch. Ihm war klar, dass die Herren vornehmlich die Neugier antrieb und sie hofften, über den Polizeibeamten brandaktuelle Neuigkeiten zu erfahren. Dies störte ihn allerdings nicht. Geben und Nehmen war schon immer ein hilfreiches Gebot bei der Polizeiarbeit. So würde er die Herrschaften mit ein paar unwichtigen Fakten füttern und hoffte im Gegenzug auf den ein oder anderen Gedankenblitz aus der Mitte der Einheimischen.

Der Kommissar stand sofort im Mittelpunkt der Aufmerksamkeit. Eine ganze Reihe von Fragen prasselte auf Kießling ein. Er versuchte, seine Antworten oberflächlich auszuführen und nicht so sehr auf Details einzugehen. Nach der anfänglichen Fragerunde und ein paar Gläsern Wein plätscherte das Gespräch weiter dahin und es wurden bahnbrechende Verschwörungstheorien diskutiert. Viel sinnvoller Inhalt war nicht dabei, aber Kießling hörte dennoch aufmerksam zu. Ein Stichwort erregte sofort seine ungeteilte Aufmerksamkeit. Der Name Anton Gerber kam auf den Tisch. Alle Anwesenden waren sich einig, dass dieser Kerl was damit zu tun haben musste.

Kießling fragte nach: »Der Name ist in den letzten Tagen häufig gefallen. Er war damals Serafinas Freund gewesen?«

Ein Raunen ging durch die Gruppe. Ein Herr aus der Runde führte aus: »Jo, der hat die Serafina damals umgarnt. Konnt' keiner verstehen, warum gerade der.«

»Wieso? Weil er aus ärmlichen Verhältnissen stammte und Serafina Tochter eines gut betuchten Winzers war?«

Ein anderer Gast übernahm: »Ach, wenn's nur das gewese' wär. Dass einer aus der Arbeiterschicht ein reiches Mädche' bekomme' hat', kam ja öfters vor. Aber der Kerl war einfach nit sauber. Immer Ärger und Schlägereien. Ständig die Polizei im Haus.«

Kießling überlegte, sammelte ein paar Gedanken und fuhr dann fort: »Aber was hat sie nur an dem gefunden?«

»Das könne' mir Ihne auch nit sage'. Das hat die Serafina wohl mit ins Grab genomme'.«

»Ja, im wahrsten Sinne des Wortes«, resümierte der Kommissar.

»Dann waren da auch noch die Brände. Erst am Grauen Haus und später in der ganzen Stadt«, ergänzte der Gast.

Kießling horchte auf.

»Ja, meinen Sie, dass Gerber was damit zu tun hatte?«

»Ei, wer dann sonst? Erst hat der die Serafina umgebracht, verscharrt, dann das Graue Haus angezündet und später halb Winkel abgefackelt. Der war verrückt!«

In Kießling ratterten die Gedanken. So, wie die Einheimischen Anton Gerber beschrieben und charakterisierten, wäre diese These nicht abwegig. Jetzt musste er nur noch klären, wie die Verbindung zu dem Toten am Oestricher Kran zustande kam. In jedem Fall rückte

Anton Gerber jetzt vollends in den Mittelpunkt seiner Überlegungen. Die Gespräche mit den Winklern waren genau der Motivationsschub, den er jetzt gebraucht hatte. Der Kommissar hob sein Weinglas und bedankte sich bei den Herren für die wertvollen Informationen. Diese waren natürlich begeistert, einen Beitrag zu den Ermittlungen geleistet zu haben. Mit einem kräftigen Schluck trank Kießling das Weinglas leer, stand auf, bezahlte seinen Deckel und ging vor die Tür. Er zückte sein Handy und wählte die Nummer von Dr. Berger. Es klingelte und nach ein paar Sekunden hob der Pathologe ab.

»Herr Kießling, haben Sie mal auf die Uhr geschaut? Ich habe Feierabend.«

»Keine Zeit für Feierabend, Doktor, wir müssen unbedingt die Identität des Opfers klären, haben Sie schon etwas von der DNA-Analyse gehört?«

Dr. Berger wurde ärgerlich. Selbstverständlich hätte er den Kommissar umgehend informiert, wenn er die Informationen bekommen hätte.

»Nein, Herr Kießling. Sie wissen doch – das dauert!«

Kießling wusste um das Pflichtbewusstsein von Dr. Berger, doch trieb ihn seine neu erlangte Motivation unaufhaltsam an. Er hatte sich bei Anton Gerber auf einen Verdächtigen festgelegt. Der Drang, den Zusammenhang zwischen Serafinas Tod, den Bränden und dem Leichnam vom Kran zu klären, ließ ihn nicht mehr los.

Er schnaufte und nahm das Gespräch mit dem Pathologen wieder auf.

»Ist ja gut, ich weiß um die Geschwindigkeit unserer Laborratten, aber …«

Kießlings Aufmerksamkeit wurde abrupt vom Gespräch mit Dr. Berger abgelenkt. Ein beißender Geruch drang in seine Nase, der ihm den Atem verschlug.

Dr. Berger war irritiert am anderen der Leitung, warum Kießling das Gespräch unterbrach. Er fragte nach: »Herr Kommissar? Sind Sie noch dran?«

Kießling blickte sich um und versuchte, die Ursache dieses Gestanks zu ergründen. Ein Schock durchfuhr den Kommissar. Ein paar Straßen weiter schlugen Flammen aus der Mitte der Gemeinde und eine dicke, schwarze Rauchwolke verdeckte den Nachthimmel. In diesem Moment sprangen die Feuersirenen in Winkel an und durchzogen den Ort mit einem ohrenbetäubenden Lärm.

»Ach du Scheiße«, murmelte er noch in sein Mobiltelefon und ließ dieses langsam sinken. Aus der Straußwirtschaft kamen die Gäste heraus und blickten ebenfalls schockiert auf die Flammen.

Aus dem Lautsprecher von Kießlings Handy kamen immer noch Rufe von Dr. Berger, der wissen wollte, was vor sich ging. Der Kommissar schenkte diesen keine Beachtung mehr. Er schob das Telefon in seine Tasche und rannte wie besessen in Richtung des Feuers.

HELDENHAFTER KIESSLING

Die wenigen hundert Meter zum Brand überwand der Kommissar in einem ungewohnt hohen Tempo. Den ganzen Abend war er im Element des Falles gewesen, hatte über Verdächtige und die Vergangenheit nachgedacht. Die Einheimischen hatten ihm von den Feuern berichtet, die vor vielen Jahren die Menschen in Angst und Schrecken versetzt hatten. Konnte das ein Zufall sein, dass genau in diesem Moment ein Feuer in Winkel ausbrach? Es war dieser Gedanke, der Kießling zur sportlichen Höchstleistung antrieb. Sein berühmtes Bauchgefühl signalisierte ihm, dass dieses Feuer Teil von all dem war, was hier vorfiel.

Der Kommissar erreichte den Brand. Die ersten Einsatzfahrzeuge der Feuerwehr rollten ebenfalls mit großem Getöse an den Ort des Geschehens. Ein altes Gebäude krachte und knirschte in der Hitze des Feuers. Das Haus musste viele hundert Jahre alt sein. Die Flammen schlugen unaufhaltsam aus den Fenstern und loderten aus dem hölzernen Dachstuhl. Der Qualm, der sich in den Gassen verteilte, nahm ihm die Luft zum Atmen. Kießling hielt sich ständig den Arm vor Mund und Nase, um nicht zu viele der beißenden Dämpfe einzuatmen. Immer wieder versuchte er, näher heranzugehen, doch wurde er von der brutalen Hitze zurückgedrängt. Die eingetroffenen Feuerwehrleute sicherten alles ab und rollten ihre Schläuche aus. Kießling wies sich als Polizeibeamter aus und durfte so vor Ort bleiben. Er passte allerdings auf, dass er die Feuerwehr in ihrer Arbeit nicht behinderte. Das Löschen des Brandes in dieser schmalen Gasse war definitiv eine Herausforderung. Die Einsatzfahrzeuge der Feuerwehr konnten sich lediglich hintereinander aufstellen. Es war kaum Platz, um das Einsatzequipment vernünftig aufzubauen. Zu den Hauswänden rechts und links war fast kein Abstand, sodass sich die Feuerwehrleute stark konzentrieren und noch besser organisieren mussten, um unter diesen Umständen den Brand in den Griff zu bekommen. Kießling konnte nicht wirklich helfen. Seine laienhaften Fähigkeiten eines Feuerwehrmannes, die er in einem kurzen Gastspiel bei der Jugendfeuerwehr aufgeschnappt hatte, langten gerade mal dafür, ein Lagerfeuer zu löschen. So machte er sich nützlich, neugierige Passanten zurückzudrängen, damit diese nicht zusätzlich den knappen Platz stahlen.

Während er der Feuerwehr Platz verschaffte, fragte er einen der Zuschauer: »Was ist das für ein Gebäude?«

Der Herr antwortete: »Ich kann Ihnen nicht sagen, was da früher drin war, aber heute ist es ein Bürogebäude.«

Der Kommissar nickte und blickte wieder auf das brennende Haus. Seine Aufmerksamkeit richtete sich allerdings schnell auf einen jungen Mann, der panisch zwischen die Feuerwehrautos rannte.

Er schrie aus voller Kehle: »Da ist noch jemand drin. Bitte helfen Sie, meine Frau ist in dem Gebäude.«

Die Feuerwehrleute versuchten, den jungen Mann zu beruhigen, da er in seiner großen Panik die Löscharbeit behinderte.

Ein Mitglied der Einsatzleitung versuchte Informationen aus dem Mann herauszubekommen. Kießling kam dazu, wollte helfen.

»Sie sagen, Ihre Frau ist noch in dem Gebäude? Wie kommen Sie darauf?«

Der Mann versuchte, sich zu fassen, schnappte nach Luft.

»Kurz bevor der Brand losging, haben wir telefoniert. Sie sagte, hier riecht es aber komisch nach Benzin. Danach schrie sie auf und das Gespräch war vorbei.«

»Benzin?« Kießling horchte auf. Er zog den Mann am Arm heran. »Sind Sie sicher, dass Ihre Frau Benzingeruch wahrnahm?«

»Ja, das sagte ich doch!«

Kießlings Kiefer fiel nach unten, der Mund öffnete sich. Es war tatsächlich so, wie sein Bauchgefühl ihm sagte. Das hier war Brandstiftung, und es müsste mit dem Teufel zugehen, wenn dies nicht mit Serafina und dem Toten vom Kran zusammenhing. Dennoch war das jetzt nebensächlich. Sollte noch eine junge Frau in dem Gebäude sein, war schnelles Handeln gefragt. Der Kommissar wandte sich wieder dem Mann zu.

»Was meinten Sie damit, sie schrie? Eventuell, als Ihre Frau das Feuer sah?«

Der Mann schüttelte den Kopf.

»Das kann ich Ihnen nicht genau sagen. Es war seltsam, so als hätte irgendwas oder jemand sie erschreckt und dann war die Leitung sofort tot.«

Kießling hatte umgehend einen schlimmen Verdacht. Die Frau war in jedem Fall zur falschen Zeit am falschen Ort. Er hatte keine Zweifel mehr, dass es sich um Brandstiftung handelte. Die Frau hatte, seiner Theorie nach, lange gearbeitet, und war daher zu dieser späten Stunde noch im Büro. Der oder die Brandstifter werden es wohl nicht mitbekommen haben und wurden ebenfalls von der Anwesenheit der Frau überrascht, als er oder sie den Brand legen wollten.

»So tun Sie doch etwas«, schrie der Mann wieder voll aus seinem Panikmodus heraus.

Die Frau aus der Einsatzleitung versuchte, dem Mann zu erklären, dass sie alles tun würden, was in ihrer Macht stand. In dem brennenden Gebäude gab es jedoch keinen Hinweis auf die Frau. Sie konnte nicht das Leben ihrer Leute gefährden, indem sie diese auf Verdacht in ein Haus schickte, dass wahrlich jeden Moment drohte, zusammenzukrachen. Das alte Fachwerk ließ von außen darauf schließen, dass viel Holz in dem Gebäude verbaut worden war und damit büßte es bei einem Brand schnell die Stabilität ein.

Doch plötzlich hallte ein Schrei zu ihnen auf die Straße.

»Hilfe!«, war laut und deutlich zu vernehmen.

»Meine Frau!«, schrie der Mann in panischer Angst und wollte schon in Richtung brennendes Gebäude losstürmen. Ein Feuerwehrmann hielt ihn fest. Ohne Schutzkleidung und Atemausrüstung käme es seinem Todesurteil gleich, in das Gebäude zu rennen. Kießling hingegen nahm den Schrei als Initialzündung. Er rannte zu einem Einsatzfahrzeug und riss eine feuerfeste Jacke an sich. Dazu schnappte er sich einen Helm und rannte auf die Eingangstür des Gebäudes zu.

»Sind Sie wahnsinnig?«, rief die Einsatzleiterin dem Kommissar hinterher.

Mehrere Feuerwehrleute wollten ihm zur Unterstützung folgen, doch dieser war schon im brennenden Gebäude verschwunden. Sowie er das Haus durch die Tür betrat, stürzten hinter ihm mehrere brennende Balken von der vom Feuer zerfressenen Decke und versperrten den anderen Feuerwehrleuten den Weg. Für Kießling gab es kein Zurück, er war eingeschlossen. Draußen formierten sich die Feuerwehrleute, um sofort zur Stelle zu sein, wenn sie ein Lebenszeichen von den Eingeschlossenen erhielten.

Kießling schob sich Meter für Meter durch das Flammenmeer. Seinen Arm hielt er schützend vor sein Gesicht. Immer wieder versuchte er, auf sich aufmerksam zu machen.

»Hallo! Wo sind Sie?«, rief er, so laut er dazu im Stande war. Es war nicht einfach. Jedes Mal, wenn er den Arm zum Rufen herunternahm, schien es, als brenne ihm die unerträgliche Hitze die Haut vom Körper. Es war kaum möglich, zu atmen. Jeder Atemzug brannte in seinen Lungen. So langsam bekam es der gestandene Kommissar mit der Angst zu tun. Hatte er die richtige Entscheidung getroffen? Es lag in seiner Natur, ohne nachzudenken den Menschen zur Hilfe zu eilen. Das war auch damals ein Grund gewesen, dass er sich bereits in jungen Jahren für den Polizeidienst entschieden hatte. So edel dieses Motiv auch war, könnte es jetzt sein Todesurteil bedeuten. Die Gedanken an seinen eigenen Tod wurden schnell wieder vertrieben. Ein weiterer Hilferuf erreichte ihn. Viel schwächer als der, den sie auf der Straße vernommen hatten. Der Ruf schien aus dem Erdgeschoss gekommen zu sein, wo sich Kießling noch befand. »Gott sei Dank«, dachte er bei sich. Wäre der Ruf aus einem der oberen Stockwerke erklungen, wäre alle Hilfe zu spät gekommen. Die Treppe stand voll in Flammen.

Der Kommissar folgte dem Ruf.

Immer wieder rief er: »Wo sind Sie? Rufen Sie noch mal, ich komme zu Ihnen!«

Die leise und immer schwächer werdende Stimme kam mit jedem Schritt, den der Kommissar vor den anderen setzte, näher. Kießling blickte auf eine halb offene Tür, die zu einem der Büros führte. Die Stimme kam aus diesem Raum. Er bewegte sich schneller, rammte wuchtig mit der Schulter die Tür auf und sah eine am Boden liegende Frau. Sie blutete am Hinterkopf. Ohne viel nachzudenken, schnappte sich der Kommissar die Frau, nahm sie auf den Arm und blickte sich um. Wie konnten sie dem Flammenmeer entfliehen? Die Situation schien ausweglos. Um sie herum wurde es immer heißer, die Flammen rissen mehr und mehr den Raum an sich. Der plötzliche laute Knall von zerberstendem Glas zog sofort Kießlings Blicke an. Es war das Fenster und im selben Moment schossen von draußen Löschmittel in das brennende Büro. Die Feuerwehrleute vor dem Gebäude hatten Kießling und die Frau entdeckt. Das lebensgefährliche Manöver barg viele Risiken. Durch das zerschlagene Fenster hätte der Raum durch die plötzliche Sauerstoffzufuhr förmlich explodieren können. Doch die Feuerwehr musste dieses Risiko eingehen, um dem selbstlosen Kommissar und der Frau überhaupt eine Überlebenschance einzuräumen. Kießling schaltete blitzschnell und bewegte sich, so schnell es ihm möglich war, zu dem rettenden Fenster. Zwei Feuerwehrleute standen bereit und nahmen die völlig entkräftete Frau aus seinen Armen entgegen. Einer der Retter war soweit möglich, dem Kommissar durch das Fenster ein Stück weit entgegengekommen. Jetzt war Kießling dran. Er machte sich bereit, durch das rettende Fenster den Flammen zu entfliehen, wartete jedoch, bis der Weg durch die Rettung der Frau frei wurde. Doch es war zu spät. Über ihm knirschte es immer lauter. Das Holzgebälk gab nach. Der Kommissar blickte nach oben und sah die brennende Decke ihm entgegenkommen. Schnell machte er einen Schritt zurück, damit er nicht drohte, erschlagen zu werden. Die Feuerwehrleute mussten sich ebenfalls in Sicherheit bringen, da durch die zusammenkrachende Decke Flammen durch die Öffnung schlugen. Der Kommissar stand wieder inmitten des brennenden Raumes, gut zwei Meter von der rettenden Öffnung entfernt. Es blieb ihm nur noch eine Chance. Er nahm alles an Kraft zusammen, kniff die Augen zu, zog die feuerfeste Jacke ins Gesicht und rannte auf die Flammen zu, die ihm den Weg zum Fenster versperrten. Er spürte die Hitze, die sich durch seine Kleidung zu fressen schien. Der Kommissar spannte alle seine Muskeln an, stieß sich kräftig mit den Beinen ab und hechtete mit letzter Kraft durch den Rest des Fensters. Er landete unsanft auf dem Boden. Sofort kam ein Feuerwehrmann und warf eine Löschdecke über ihn. Mit vereinten

Kräften zogen die Männer den Polizisten in Sicherheit. Schnell war ein Notarzt zur Stelle. Der Kommissar linste aus der Decke heraus, wusste nicht, ob er am Leben oder tot war. Im Augenwinkel erblickte er die Frau, die in den Armen ihres Mannes lag. Ihm wurde klar, dass seine waghalsige Tat Erfolg gehabt hatte und ohne ihn die Frau ein fürchterliches Schicksal ereilt hätte. Nachdem er diese Gewissheit verinnerlicht hatte, fielen ihm entkräftet die Augen zu und eine Ohnmacht übernahm die Oberhand in seinem Körper.

KEINE ZEIT FÜRS KRANKENBETT

Am nächsten Morgen im Rüdesheimer Krankenhaus öffnete Kommissar Kießling langsam seine Augen. Das durch das Zimmerfenster einfallende Licht blendete ihn, sodass er die Lider wieder zukniff. Er spürte jeden seiner Muskeln, ein unangenehmer Schmerz ließ ihn langsam zur Besinnung kommen. Leises Flüstern erfüllte den Raum. Der Kommissar versuchte, Ordnung in seine Gedanken zu bringen. Er schwirrte zwischen Traum und Realität. Lodernde Flammen gingen ihm noch durch den Kopf, doch das kühle Klima im Raum brachte ihm Gewissheit, dass er wohl dem Flammenmeer tatsächlich entkommen war. Der Polizist versuchte, einen Weg vollends zurück in die Realität zu finden. Er konnte nicht einordnen, ob das Geflüster real oder noch Teil seiner Träume war. Die Worte wurden lauter und für ihn verständlicher. Er spürte die Anwesenheit einer Person, die sich ihm näherte. Sie stand wohl jetzt genau an seiner Seite. Der Kommissar spürte eine Hand an seinem Rücken, die ihn behutsam auf seine linke Seite drehte. Er ließ es mit sich geschehen, die Kraft für eine Gegenreaktion fehlte ihm.

»Wer legt hier Hand an mich?«, fragte er sich. Während er in sich gekehrt grübelte, ereilte ihn ein schneller Stich.

»Auuuutsch!«, schrie er aus vollem Herzen und war umgehend geistesgegenwärtig.

»Jetzt stellen Sie sich mal nicht so an, Herr Kommissar, war doch nur ein kleiner Pikser«, sagte eine weibliche Stimme.

Kießling drehte sich um, die Augen waren mittlerweile weit aufgerissen, und er blickte in das Gesicht einer Krankenschwester.

Er fauchte: »Sind Sie wahnsinnig? Was war das?«

»Nur eine vorsorgliche Tetanusimpfung. Ist schon vorbei«, erklärte die Schwester.

Kießling antwortete, außer sich von der unsanften Weckaktion: »Das musste doch nicht sein, ich hatte die letzte vor zwanzig Jahren, sollte doch reichen, oder?«

Eine männliche Stimme aus dem Raum antwortete: »Mein lieber Kommissar, das kann nicht schaden. Außerdem hat die gute Fachkraft schon recht mit ihrer Bemerkung. Sie sind doch kein kleiner Junge mehr, der Angst vor einer Spritze hat.«

Kießling hörte den Sarkasmus sofort heraus und erkannte die Stimme. Dies konnte nur von Dr. Berger kommen. Kießling schaute nach vorn. Vor seinem Bett stand der Pathologe, grinsend wie ein kleines Kind. Flankiert wurde er von Ella, Arnold und Willi, die fast die ganze Nacht an seinem Bett ausgeharrt hatten, nachdem sie die Nachricht von dem Brand und Kießlings Aktion erhalten hatten. Selbst Dr. Berger hatte alles liegen gelassen, um dem Kommissar zur Seite zu stehen. Keiner wusste um seinen Gesundheitszustand und wie Kießling die Flammenhölle überstanden hatte. Umso erleichterter waren alle, als sie ihn, zwar völlig entkräftet, aber so gut wie unbeschadet vorfanden.

Mit Blick auf seine Freunde ereilte Kießling eine ganze Portion neue Lebenskraft. Die Erinnerungen an letzte Nacht kehrten allmählich zurück, und ihm wurde bewusst, was für ein unfassbares Glück er gehabt hatte. Willi trat an sein Bett und zupfte den Kommissar an seinem Krankenhaushemd.

»Meine Güte, Kerl, was hast du dir nur dabei gedacht? Wollste' als lebende Fackel in die Winkeler Geschicht' eingehe'?«

»Was hätte ich denn machen sollen? Da war noch eine Frau drin und ich kann halt nicht aus meiner Haut«, verteidigte Kießling seine Aktion.

Willi rümpfte die Nase. »Jo, das kann ich verstehe', aber wenn's rischtisch dumm gelaufe' wär', häste' deine Haut knusprig gebacke'.«

Trotz der scherzhaften Floskel war bei dem Rentner die Sorge um seinen Freund deutlich herauszuhören. Arnold und Ella gesellten sich zu Willi. Seine Assistentin setzte sich zu Kießling auf den Bettrand. Die Sorge um ihren Chef fiel von ihr ab. Sie realisierte ebenfalls, dass alles gut gegangen war und ihr Vorgesetzter alles halbwegs gut überstanden hatte.

»Mein Gott, Max, du hast uns einen gehörigen Schrecken eingejagt.«

Arnold brachte sich ein. »Aber hallo. Ella ist fast aus dem Bett gefallen, nachdem sie die Nachricht hörte. Als wir losfahren wollten, hat uns Willi angehalten. Da in Lorch auch die Feuersirenen losheulten, war er draußen.

Ist gleich ins Auto gesprungen, als Ella ihm sagte, dass du mit dem Feuer gespielt hast.«

Der Kommissar beruhigte: »Ist ja noch mal alles gut gegangen.«

»Leicht untertrieben, würde ich sagen«, kommentierte Dr. Berger.

Kießling war geschmeichelt von der ganzen Sorge um seine Person, doch wollte er jetzt zurück zu ihrem Fall. Der durfte nicht in Vergessenheit geraten.

»Ok, genug des Geplänkels. Ist alles gut gegangen, weiter geht's. Was gibt es Neues zu berichten?« Er schaute zu Dr. Berger. »Mittlerweile sollten doch DNA-Ergebnisse vorliegen?«

Der Pathologe lehnte sich nach vorn und nickte. »Die Ergebnisse sind da. Diese bestätigten zum einen, dass es sich bei der skelettierten Leiche tatsächlich um Serafina Wolf handelt.«

Kießling hob neugierig den Kopf.

Dr. Berger fuhr fort: »Und zum anderen konnten wir die Identität des Opfers vom Kran bestimmen.«

»Wer ist der Tote?«, fragte Kießling.

Ella übernahm. »Es handelt sich um Richard van Fraisaen, einen niederländischen Autor.«

Kießling schüttelte fragend den Kopf und entgegnete: »Ein niederländischer Autor? Wie zur Hölle passt das denn nun wieder in das ganze Konstrukt?«

Ella zuckte mit den Schultern. Der Kommissar wusste ebenfalls nichts weiter beizutragen.

Er schaute Dr. Berger an und fragte: »Wie konntet ihr eigentlich die Identität von Serafina Wolf bestimmen? Woher kam das Vergleichsmaterial?«

Ella wusste darauf eine Antwort. »Nach Serafinas Verschwinden sammelten die Kollegen seinerzeit persönliche Gegenstände von ihr aus dem Elternhaus ein. Diese waren immer noch im Archiv und konnten somit für den DNA-Abgleich herangezogen werden.«

»So alten Kram heben die tatsächlich auf?«, hinterfragte Arnold.

»Kommt schon mal vor«, antwortete Ella.

Viel schlauer als vorher waren sie durch die Erkenntnisse allerdings nicht. Eine ganze Reihe von Ermittlungsarbeit stand jetzt an, insbesondere, wie das Opfer ins Bild passte. Ratlosigkeit überschattete den Raum.

Willi hingegen stapfte nachdenklich durch das Zimmer.

»Worüber denkst du nach?«, fragte Arnold den Rentner.

Willi grübelte noch einen Moment und sagte: »Mhm, mir kommt das alles auf einmal so bekannt vor. Seitdem ich in Rente bin, tu' ich jo hier und do gern mo' en Buch lese'. Den Name von dem Kerl hab' ich schon mal irgendwo uffgeschnappt, und wenn ich so drüber nachdenk', die Geschicht' mit dem Galgen auch.«

Kießling richtete sich auf. Hatte Willi wahrlich eine zündende Idee? In jedem Fall weckte dies in dem Kommissar neuen Tatendrang.

»Willst du mir damit sagen, du hast was von diesem Autor gelesen, und in dem Buch ging es um einen Mord am Galgen?«, hinterfragte er umgehend.

»So könnt' man es sage'«, entgegnete Willi.

Jetzt war es um Kießling geschehen, er schob Ella von der Bettkante und sprang aus seinem Krankenbett.

»Auf geht's. Wir haben keine Zeit zu verlieren. Wo hast du die Bücher gekauft?«, wollte Kießling von Willi wissen.

»Bei 'nem Buchhändler in Winkel. Der hatte immer 'ne scheene Auswahl an gute' Geschichte'«, antwortete der Rentner dem Kommissar.

»Machen wir uns auf den Weg zu diesem Buchhändler«, rief Kießling in die Runde. Schnell bewegte er sich um das Bett in Richtung Tür.

»Warten Sie!«, rief Dr. Berger.

Kießling drehte sich um und fauchte den Pathologen an: »Was ist? Schwingen Sie die Hufe, dem müssen wir nachgehen.«

Dr. Berger stimmte mit seiner Mimik zu und fügte an: »Aber doch nicht so.«

»Was meinen Sie damit, nicht so?«

Dr. Bergers Blick ging vom Kopf des Kommissars runter zu seinen Füßen. Kießling war verwirrt und schaute an sich herunter. Er stand barfuß in seinem weißen Krankenhausleibchen im Zimmer. Zudem spürte er anhand eines frischen Luftzuges durch das gekippte Fenster, dass er auch nichts drunter hatte.

Ella grinste und reichte Kießling seine Hose, die mit seinen anderen Sachen über einem Stuhl lag. Diese war schmutzig von seiner Rettungsaktion und stank nach Qualm. Rußflecken waren überall zurückgeblieben. Das war Kießling jetzt aber egal. Frische Sachen konnte er später auch noch holen.

»Gib her, die Klamotten müssen für heute reichen«, rief er seiner Assistentin zu. Der Kommissar verschwand im Badezimmer und zog sich notdürftig an. In diesem

Moment betrat die Schwester wieder den Raum, die ihm zuvor die Impfung verpasst hatte.

»Wo ist Herr Kießling?«, wollte sie wissen.

»Der macht sich grad wieder schick«, sagte Willi grinsend.

»Das geht aber nicht!« Dabei drehte sich die Schwester zum Badezimmer und rief hinein: »Herr Kießling, Sie müssen noch zur Beobachtung hierbleiben.«

Halb angezogen kam der Kommissar aus dem Waschraum und antwortete kurz angebunden: »Keine Chance. Außerdem haben Sie mich schlimmer traktiert als das Feuer gestern. Wir müssen los.«

Dabei stürmte Kießling an der entgeisterten Schwester vorbei und winkte seiner Truppe, ihm zu folgen. Dr. Berger war Kießlings überstürzter Aufbruch sichtlich unangenehm.

Er wandte sich zur Krankenschwester: »Bitte entschuldigen Sie das flegelhafte Aufbrechen Ihres Patienten. Er ist einfach unverbesserlich.«

Daraufhin folgte der Pathologe den anderen, die bereits voller Tatendrang am Fahrstuhl auf den Gerichtsmediziner warteten.

WIE AUS DEM BILDERBUCH

Eine halbe Stunde später standen die fünf vor dem Buchladen inmitten von Winkel. Durch ein kleines Schaufenster konnten sie von außen in den Laden hineinschauen. Das Geschäft war von überschaubarer Größe. Die Buchauswahl im Schaufenster ließ bereits darauf schließen, dass hier vortreffliche Liebhaberstücke verkauft wurden, namhafte Autoren waren weniger unter der ausgestellten Auswahl.

»Und hier kaufst du deine Bücher? Warum bestellst du die nicht im Internet?«, wollte Kießling von Willi wissen.

»Hör' mir uff mit dem neumodische Kappes. Hier wirst gut berate' un' außerdem komm' ich gern nach Winkel. Als junger Mann war ich öfter hier, scheenes Pflaster«, antwortete der Rentner dem Kommissar.

»Na ja, wie auch immer, lasst uns reingehen«, forderte Kießling seine Truppe auf.

Die fünf betraten das Geschäft. Sofort kam ihnen der typische Duft einer alt eingesessenen Buchhandlung entgegen. Es roch nach Papier, gepaart mit einer staubigen Note. Der Laden war vollgestopft mit Büchern, und sie mussten feststellen, dass es sogar noch enger war als von draußen erkennbar. Ella ging prüfend an den Regalen entlang. Sie erkannte schnell, dass trotz der großen Anzahl an Lektüren alles eine gewisse Ordnung hatte.

»Genau mein Laden«, bemerkte die Polizistin beiläufig. Sie selbst war auch eine passionierte Leserin und liebte derartige Buchläden.

Aus dem Hinterzimmer rief eine tiefe Stimme: »Ich bin sofort bei Ihnen, einen Moment.«

»Lasse' Sie sich Zeit, Herr Tessler, ich werd' meine Kollege' schon einweise'.«

In diesem Moment öffnete sich eine angelehnte Tür, die hinter der Kassentheke zu einem kleinen Büroraum führte. Ein großer, kräftiger Mann kam heraus, erkannte Willi und begrüßte ihn freudig.

»Der Herr Laggei ist wieder da. Schön, Sie zu sehen. Ist Ihnen der Lesestoff ausgegangen?«

Willi lachte und winkte dem Buchhändler.

»Alles gut. Nit erschrecke', ich hab' die Polizei im Schlepptau. Die brauche' Ihre Hilfe.«

»Oh, das kommt aber nicht alle Tage vor, dass ich der Polizei zu Diensten sein kann. Normalerweise treten Gesetzeshüter hier vorrangig in unseren Büchern in Erscheinung. Wie kann ich helfen?«, fragte der Buchhändler freundlich.

Dr. Bergers scharfer Blick erhaschte sofort ein Exemplar des Autors Richard van Fraisaen, ihrem Mordopfer. Er nahm es an sich und präsentierte es Herrn Tessler.

»Wir sind auf der Suche nach Werken dieses Autors«, sagte der Pathologen.

Willi ergänzte: »Jo, den habe' Sie mir mo' empfohle'. Is' schon länger her.«

Buchhändler Tessler nahm das Buch an sich. Ihm war der Autor sofort geläufig.

»Ja, Richard van Fraisaen, ein niederländischer Autor. Nicht sehr bekannt, aber gute Geschichten und schöner Schreibstil.«

»Wie kommt es, dass Sie gerade von diesem relativ unbekannten Schriftsteller Exemplare vorrätig haben?«, hinterfragte Kießling.

Tessler verwies auf sein Sortiment und erklärte: »Ich führe ausschließlich Werke von nicht so bekannten Autoren. Darauf habe ich mich spezialisiert. Viele meiner Kollegen setzen auf die großen Namen. Meiner Auffassung nach sind es aber gerade die nicht so bekannten Autoren, die einen besonderen Beitrag zu unserer Lesekultur und der Vielfalt leisten.«

Arnold nickte aus dem Hintergrund und rief nach vorn: »Das finde ich auch. Ich als kleiner Winzer mache auch keinen schlechteren Wein als die großen Weingüter.«

»Das kann ich bedingungslos unterschreibe'«, fügte Willi an.

Kießling unterbrach den Smalltalk. »Das mag alles sein. Wir müssen mehr über den Autor erfahren, und vor allem: Gibt es einen Roman von ihm, in dem jemand an einem Galgen aufgehängt wurde?«

Der Buchhändler setzte einen nachdenklichen Blick auf. Er kam hinter seiner Theke hervor und ging an ein Buchregal. Mit dem Zeigefinger fuhr er die Reihe ab und schien etwas zu suchen. Nach einer knappen Minute wurde Tessler fündig, zog ein Buch heraus und reichte es dem Kommissar.

»Hier. Das ist der erste Roman von van Fraisaen. In der Tat stirbt das erste Opfer an einem Galgen.«

Er blätterte durch das Buch, hielt im vorderen Drittel einer Seite an und hielt Kießling das aufgeschlagene Buch unter die Nase. Diesem stockte sofort der Atem. Er erkannte eine Zeichnung in dem Buch, wo der Mordschauplatz skizziert war. Ein Toter baumelte an einem Galgen, und das Konstrukt, an dem der Strick befestigt war, ähnelte sogar dem Oestricher Weinverladekran. Der Kommissar nahm das Buch an sich und schaute fassungslos auf das Bild.

Jetzt dämmerte es auch dem Buchhändler. Entsetzt sagte er: »O mein Gott, das kam mir gar nicht in den Sinn. Das ist ja wie der Tote in Oestrich.« Dabei hielt sich der Buchhändler geschockt die Hand vor den Mund. »Jemand kopiert die Morde aus den Büchern von van Fraisaen? Haben Sie eventuell überlegt, den Autor zu kontaktieren?«

Kießling runzelte die Stirn. Er überlegte, ob er den Buchhändler ins Vertrauen ziehen sollte, dass van Fraisaen in seinem Buch seinen eigenen Tod beschrieben hat. Normalerweise gab er keinen Ermittlungsstand an Außenstehende weiter, aber vielleicht könnte der Buchhändler noch wichtige Erkenntnisse über den Autor beisteuern. Er entschied sich, Tessler einzuweihen.

»Das ist ein guter Ansatz. Der Autor ist gar nicht so weit weg, wie Sie denken.«

Der Buchhändler schaute fragend. »Wie meinen Sie denn das?«

Dr. Berger kam dazu. »Um es mal so auszudrücken, ich bin Pathologe und Herr van Fraisaen ist zu Gast in meinen Räumlichkeiten.«

Der Gerichtsmediziner hatte damit gerechnet, dass Kießling den Buchhändler einweihen würde. Es machte durchaus Sinn. Der Umstand, dass jemand in Winkel die Bücher von van Fraisaen führte und sie mit diesem Umstand einen entscheidenden Ermittlungsfortschritt machten, war ein glücklicher Zufall.

Tessler entglitten die Gesichtszüge. Er zählte eins und eins zusammen. »Sie wollen damit sagen, dass Richard van Fraisaen das Opfer vom Kran war?«

Schweigend nickte der Kommissar und löste damit eine gespenstige Stille in dem Buchladen aus. Nach einigen Minuten fasste sich Buchhändler Tessler wieder und umriss mit knappen Worten, was er über Richard van Fraisaen wusste. Er war offensichtlich angespannt. Die Nachricht, dass es sich bei dem Toten um einen Autor handelte, den er in seinem Laden führte, schien den passionierten Buchhändler sichtlich zu berühren. Aus dem Hinterzimmer ertönte unerwartet eine weibliche Stimme.

»Georg, kommst du bitte, ich brauche deine Hilfe.«

Tessler blickte zum Hinterzimmer. Kießling schaute ebenfalls zu dem Raum, konnte eine Frau erkennen. Er warf Tessler einen fragenden Blick zu.

Dieser erklärte: »Meine Lebensgefährtin. Wir hatten gerade zusammen die Buchhaltung gemacht.« Er machte eine kurze Pause und sagte weiter: »Leider kann ich Ihnen heute nicht weiterhelfen. Diese Tatsachen haben mich doch sehr tangiert. Wenn ich Ihnen sonst nicht weiter behilflich sein kann, würde ich mich gern wieder unserem Zahlenwerk widmen.«

Kießling grummelte es im Bauch. Er hatte sich mehr von dem Buchhändler erwartet. Kurz bevor er seinen Unmut kundtun konnte, funkte Ella dazwischen. Sie hatte bemerkt, dass ihr Chef mehr als enttäuscht über die unbefriedigenden Auskünfte des Buchhändlers war.

Sie sagte, bevor Kießling den Mund aufmachen konnte: »Ja natürlich. Vielen Dank für Ihre Hilfe. Falls Ihnen noch etwas einfällt zu Richard van Fraisaen oder wir noch Fragen haben, können wir uns noch mal austauschen.«

Dann schleifte sie den Kommissar aus dem Geschäft. Dr. Berger, Arnold und Willi folgten.

Draußen begann Kießling auf und ab zu laufen. In ihm rumorte es. Viel schlauer als vorher waren sie jetzt auch nicht. Vor sich hin brummelnd stapfte er hin und her. Dabei dachte er laut nach, stammelte Teile des Falles vor sich hin. Dabei fiel der Name Anton Gerber.

Willi horchte auf und rief zu Kießling rüber: »Was habt ihr dann mit dem?«

Kießling blieb wie eingefroren stehen, hob den Kopf und schaute ungläubig zu dem Rentner.

»Sag bloß, den kennst du auch?«

Willi kam zu dem Kommissar rüber und erzählte: »Sicher. Ein übler Geselle, hat hier in Winkel gewohnt und is' unverständlicherweise bei der scheene Serafina geland'. Wie der das geschafft hot, is' mir bis heut' en Rätsel. Die hätt' auch mich habe' könne'.« Dabei drehte er sich um und zwinkerte den anderen zu. »Aber nix meiner Frau sage', bin jo seit fast fünfzig Jahr' glücklich verheirat'.«

Kießling schüttelte den Kopf, als müsste er Willis Aussage erst mal in seinem Hirn einordnen.

»Jetzt noch mal ganz von vorn, du kennst Anton Gerber?«

»Jo, kann ein paar heiße Geschichte' von früher erzähle'. Zufällig sin' mir auch grad hier in Winkel am Ort des Geschehens.«

»Wieso hast du das nicht früher gesagt?«, wollte Kießling wissen.

»Ei, vom Gerber hat niemand was gesagt un' außerdem hat mich keiner gefragt.«

Kießling nahm einen tiefen Atemzug und legte Willi die Hand auf die Schulter. »Dann lass mal hören!«

Willi ging ein paar Meter die Straße runter und winkte die anderen heran. »Dann passt mo' uff. Is' zwar schon ein paar Jahr' her, aber hier in Winkel sin' ein paar heiße Geschichte passiert.«

Willi begann zu erzählen.

BLICK IN DIE VERGANGENHEIT

Die Weinstadt Winkel im Rheingau, Anfang der Sechzigerjahre.

Gefühlt alle Einwohner von Winkel waren auf den Beinen, sangen und schunkelten durch die Gassen. Wenn der Rheingau und seine Bürger eines konnten, war es Feste feiern und dabei die Erzeugnisse aus den eigenen Weinbergen in Strömen fließen zu lassen. Diese Höhepunkte des Jahres wurden von allen wahrgenommen. Die Grenzen zwischen Jung und Alt verschwammen, ein jeder wusste mit jedem ein Wörtchen zu schwätzen und ein Glas oder mehr zu trinken. Mittendrin ein junger Mann aus Lorch namens Willi Laggei. Er liebte es, an derartigen Festtagen durch den Rheingau zu pilgern, immer auf der Suche nach den schönen Seiten des Lebens. Wie viele seiner Freunde war er selbst im Weinbau tätig und nahm dadurch gern jede Gelegenheit wahr, auch in anderen Städten im Rheingau die Produkte der ansässigen Winzer zu probieren. An Weinfesten war dies immer besonders einfach, da sich an diesen Tagen alle Weingüter die Klinke in die Hand gaben und ihre Schätze der Öffentlichkeit präsentierten. Nach ein paar Gläschen war zudem mehr Schwung in der Hüfte, um auch das Tanzbein zu schwingen. Dies war stets sein Motto, wenn die Kapellen ihre Musik spielten und die jungen Damen auf die Aufforderung zum Tanze durch die männliche Gesellschaft warteten. Willi war mit seinen eins siebzig nicht sehr hochgewachsen und dazu etwas kräftig gebaut, doch mit seinem unglaublichen Redetalent und dem Charme eines Hollywoodschauspielers, der sein Publikum auf der Leinwand verzauberte, stach er doch so manchen Kontrahenten aus. Unter Willi und seinen Freunden war dies kein Problem, solange man nicht der Freundin oder Angetrauten eines anderen schöne Augen machte. Meistens waren diese Verbindungen bekannt und jeder hielt sich an den unsichtbaren Ehrenkodex.

Willi stand mit einer Gruppe von Gleichaltrigen an einem Weinstand und sie probierten sich durch die Weinkarte. Sie lachten und ließen die Gläser klingen, eine lustige Floskel wurde von der nächsten abgelöst. Genau dies entsprach dem Geist der Rheingauer Feste. Gemeinsam feiern und sich am Leben erfreuen. Einer der jungen Männer richtete seinen Blick wie angenagelt in die Menge. Nachdem er einige Prosits verpasste hatte, fiel dies der Gruppe auf. Willi wurde als Erster darauf aufmerksam. Er schubste seinen Kumpel an.

»Ei Fritz, was gibt's dann als do hinne zu gucke'? Dein Glas steht vor dir!«, sagte Willi und stieß sein Glas gegen das von Fritz, das vor ihm auf dem Stehtisch stand.

Dieser bemerkte erst gar nicht, dass Willi ihn angesprochen hatte. Der drehte sich zur Gruppe und meinte süffisant: »Ich glaub', de' Fritz is' im Stehe' eingepennt.«

Alle lachten über Willis Aussage. Einer aus der Gruppe stupste den abwesenden jungen Mann an.

»Ei Fritz, bist du noch am Lebe'?«

Jetzt schreckte er auf, drehte sich etwas verwirrt zur Gruppe. »Ja, was is'?«

Willi grinste und legte seinen Arm um ihn. »Nix Schlimmes. Mir ham' uns nur Sorge um dich gemacht. Dachten schon, du wollst nix mehr mit uns schwätze.«

Fritz schüttelte den Kopf und entgegnete: »Nee, alles gut. Mein Blick war nur gefangen von ihr.«

Dabei zeigte er in die Menge auf eine junge, wunderschöne Frau. Sie strahlte regelrecht aus der Menge hervor. Elegant angezogen, im Gewand der Rheingauer Weinkönigin, stand sie, umringt von dem elitären Teil der Gesellschaft, inmitten der Menschen.

»Serafina Wolf!«, hauchte bis auf Willi jeder aus der Gruppe.

Der grinste vor sich hin. Dann sagte er zu den anderen: »Ei Männers, warum so ehrfürchtig? Is' en schee' Frau, in der Tat, aber ihr tut so, als wär' sie unerreichbar.«

Fritz antwortete entgeistert: »Machst du Witze? Serafina ist unerreichbar. So wie es aussieht, tritt sie sogar bei der Wahl zur Deutschen Weinkönigin an.«

»Ach was«, fügte ein anderer aus der Gruppe an und fuhr fort: »Dann frag' ich mich, was sie mit dem Gerber will.«

Ein Raunen ging durch die Runde. Fritz fragte: »Der Anton Gerber hat was mit Serafina? Wie kommst du denn darauf?«

»Wissen tut das offiziell keiner. Aber es stimmt. Was sie allerdings mit diesem Deppen will, keine Ahnung. Schafft nix und bei jeder Prügelei ist er vorn dabei.«

»Kenn' ich den?«, fragte Willi.

»Wahrscheinlich. Wenn es hier in Winkel irgendwo Stress gibt, dann ist Anton Gerber nicht weit.«

Willi nachdenklich: »Mhm, hört sich nach ’nem unsympathische’ Geselle’ an.«

»Macht euch mal keine Sorgen, Jungs«, sagte Fritz. Die anderen horchten auf und Fritz sprach weiter: »Wenn Serafinas Vater davon Wind bekommt, dass seine Tochter mit dem zusammen ist, dann ist das ganz schnell beendet. Der hat doch genauso einen Knall.«

»Vielleicht ist de’ Anton ein unehelicher Sohn von ihm«, scherzte Willi.

Alle lachten und einer kommentierte: »Das glaub’ ich nit, so blöd is’ selbst Serafinas Vater nit, um so einen Bastard zu zeugen.«

In diesem Moment begann die Kapelle wieder mit Musik. Der Kapellmeister schwang seinen Dirigentenstock und forderte die Menschenmenge zum Tanze auf. Die Gruppe der jungen Männer beschloss jedoch, sich lieber weiter dem Weintrinken zu widmen, anstatt den jungen Damen, die reihenweise am Parkett warteten, die Ehre eines Tanzes zu erweisen. Nur einer von ihnen grinste über das ganze Gesicht und schielte auf den Tanzbereich. Natürlich war es Willi, der in seinem Kopf etwas ausheckte. Fritz fiel auf, dass Willi scheinbar was im Schilde führte.

»Doch lieber tanze’ als Wein trinke’?«, fragte der Winkler den Lorcher Bub.

»Jetzt passt mo’ uff!«, machte Willi die anderen neugierig.

Er stellte sein Weinglas hin und bahnte sich einen Weg durch die Menschenmenge. Willi steuerte direkt auf Serafina zu, die weiterhin von einer Menschentraube umringt war.

Seine Kumpels bekamen ganz große Augen, als sie sahen, welchen Kurs ihr Freund eingeschlagen hatte.

»Der wird doch nicht …?«, murmelte einer von ihnen.

»Doch, der wird!«, entgegnete Fritz, als er sah, dass Willi tatsächlich Serafina im Auge hatte.

Vorsichtig pirschte sich der Lorcher heran. Es war nicht einfach, zu Serafina durchzudringen, da viele Menschen um sie herumstanden. Zudem schien ihr Vater Hartmut zielgerecht jungen Männern den Weg zu seiner Tochter zu versperren, die er für nicht angemessen hielt. Willi war nicht der Einzige, der die Gunst der Stunde nutzen wollte, um einen Tanz mit der Rheingauer Weinkönigin zu erhaschen. Er musste sich eine gute Taktik überlegen, um nicht ebenfalls am Abwehrschirm von Serafinas Vater abzuprallen. Willi erinnerte sich an die Worte seines Vaters, der ihm aus seiner Zeit im Zweiten Weltkrieg immer wieder folgende Weisheit predigte: »Nie kopflos nach vorn preschen! Immer beobachten, überlegen und dann mit Bedacht handeln – nur so kannst du überleben«. Zwar war dieser furchtbare Krieg vorbei und er sowie seine Freunde mussten dieses Grauen nicht wie viele ihrer Väter an der Front erleben, doch waren diese weisen Worte in der Tat universell einsetzbar. Eine der schönsten Damen am Platze zum Tanz aufzufordern und sich dabei gegen jede Menge Konkurrenz durchzusetzen, war ebenfalls eine Art Überlebenskampf. So harrte Willi einen Moment in der Menge aus und beobachtete.

Seine Freunde im Hintergrund begannen sich bereits über ihn lustig zu machen. »Guckt' an, der hat schon die Hosen voll!«, hallte es von hinten.

Doch Willi ließ sich nicht beirren und folgte seiner Taktik des Beobachtens und Abwartens. Er sah, wie viele junge Herren seines Standes sich resignierend abwandten. Serafinas Vater zeigte einen Gesichtsausdruck der Zufriedenheit. Er übernahm die Tanzpartnerwahl und sah sich im Kreise derer um, die er als würdig erachtete. Willi sah, wie er seine Aufmerksamkeit in eine andere Richtung lenkte. Er blickte zu Serafina. Ihr Gesicht sprach Bände. Es war deutlich zu sehen, dass ihr das Verhalten des Vaters in keinster Weise schmeckte. Ihr vorhin noch so strahlendes, natürliches Lächeln glich nun einer in Stein gehauenen Maske. Sie trat ein paar Schritte zurück, als wollte sie Distanz zwischen sich und ihren Vater bringen. Das war Willis Chance. Der Vater war noch abgelenkt und Serafina in Reichweite. Wie ein Felsbohrer durch Gestein schob er sich durch die Menge und stand schnell direkt hinter Serafina. Vorsichtig, um sie nicht zu erschrecken, tippte er ihr auf die Schulter. Die Weinkönigin drehte sich um.

Willi lachte sie herzerwärmend an und sagte: »Jetzt oder nie. In ein paar Sekunden kommt dein Vadder mit so einem Prinz Eisenherz um die Ecke, ich glaub', das wolle' mir beide nit …«

Serafina wirkte etwas überrascht, war aber sofort von Willis Aufforderung eingefangen worden. Ihr versteinerter Gesichtsausdruck brach auf und ihr schönes Gesicht zierte wieder ein ehrliches Lächeln. Ihr war auch die Gelegenheit des Momentes klar und sie ließ sich umgehend von Willi auf die Tanzfläche führen. Die Menschenmenge raunte und klatschte, als sie sahen, dass ihre Rheingauer Weinkönigin mit einem jungen Burschen auf die Tanzfläche schritt. Dies blieb jetzt auch Serafinas Vater Hartmut nicht mehr verborgen. Gerade hatte er einen jungen Mann als Tanzpartner für seine Tochter auserkoren, da musste er mit ansehen, wie seine Tochter mit dem bürgerlichen Willi auf das Tanzparkett eilte. Seine Blicke wurden messerscharf, der Kopf vor Wut feuerrot. Neben ihm stand seine Frau Elise. Diese versuchte, ihren Mann zu beruhigen. Leise flüsterte sie ihm ins Ohr, sodass die anderen um sie herum nichts mitbekamen: »Hartmut bitte … lass das Kind doch. Sie soll doch heute auch etwas Spaß haben.«

Hartmut drehte seinen Kopf zu seiner Frau und warf ihr einen stechenden Blick zu, der keiner Worte bedurfte. Elise senkte resigniert den Kopf. Immer wieder versuchte sie, auf ihre zurückhaltende Art und Weise ihren Mann davon zu überzeugen, nicht so streng mit Serafina zu sein. Doch er kannte nur seine eigenen Ziele und hatte die Vorstellung, dass jeder um ihn herum seinen Beitrag leisten müsste, um diese zu erfüllen. Es ging nie um Selbstverwirklichung und individuelles Glück. Jeder in seinem Umfeld hatte genau so zu funktionieren, wie er es wollte. Dies traf in dieser Situation nicht auf Willi zu, der Serafinas Vater einen gehörigen Strich durch die Rechnung machte. Er ahnte nicht, dass er Serafina dadurch jede Menge Ärger mit ihrem Vater einhandelte. Doch diese war darüber gar nicht so unglücklich. Sie warf sich in die Arme des Lorchers und schwang genussvoll das Tanzbein.

»Danke, dass du mich da rausgeholt hast«, sagte sie beim Tanzen zu ihm.

»Immer gern. Ich hab' mir gedacht, bevor dein Vadder dir so einen weichgespülte' Typ, der von Beruf Sohn is', aufs Auge drückt, trau' ich mich mo' in die Höhle des Löwen.«

Serafina lächelte und erwiderte: »Oh, also demnach bin ich eine Löwin? Hast du keine Angst, gefressen zu werden?«

Willi lachte und entgegnete: »Keineswegs. Im Gegeteil. Ich denk' eher, du bist ein zierliches Kätzche' umgebe von lauter Raubtiere, die dir nix Gutes wolle'.«

Mit diesem Satz hatte er bei Serafina voll ins Schwarze getroffen. Sie wusste nicht, was sie darauf antworten sollte, war überrascht, dass der Lorcher die unangenehme Wahrheit so einfach aus ihr herauslesen konnte.

»Ich weiss gar nicht, was ich dazu sagen soll«, schluchzte Serafina.

»Brauchst nix sage'. Ich denk', das Lied geht noch ein paar Minute'. Lehn' dich einfach an und vergess' die Welt da drauße'«, antwortete Willi selbstbewusst. Dabei nahm er Serafinas Kopf und zog diesen neben seinen heran. Beide tanzten jetzt sehr eng aneinander und ließen sich von der Musik treiben. Willis Kumpels am Weinstand johlten und huldigten dem Lorcher wie einem Aufreißer. Willi hingegen war fern davon, die Gelegenheit am Schopfe zu packen und die hinreißende Serafina zu verführen. Er spürte, dass er jemanden im Arm hielt, die sich trotz der großen Aufmerksamkeit um ihre Person wohl heute als der einsamste Mensch auf der Welt fühlte.

Während die Kapelle weiter spielte und Willi für Serafinas Seelenheil sorgte, blickten neben Hartmuts zornigen Augen zwei weitere stechend auf die beiden. In einer dunklen Gasse, etwas abseits des Festes, jedoch mit gutem Blick auf das Tanzparkett, stand ein junger Mann. Er fixierte das Tanzpaar, ballte seine Hand zu einer Faust und hatte einen derart zornigen Blick, der harten Stahl zu schmelzen vermochte.

Auf der Bühne war davon nichts zu spüren. Serafina genoss ihren kurzen Moment der Freiheit in Willis Armen. Dieser freute sich darüber, dass er einem Menschen ein paar Minuten des inneren Friedens schenken konnte. Die letzten Takte des Liedes brachen an. Schwungvoll drehten sich noch mal alle Tanzpaare um die eigene Achse, bis der letzte Paukenschlag das Tanzlied beendete. Die Paare gingen auseinander und beklatschten ihre und die Leistung der Kapelle. So auch Willi und Serafina. Die Weinkönigin strahlte wieder. Sie hatte diese paar Minuten mit dem Lorcher sehr genossen.

»Wie kann ich mich meinem edlen Retter erkenntlich zeigen?«, fragte Serafina mit einem charmanten Unterton.

Willi grinste, nahm Serafinas rechte Hand mit seiner linken und antwortete: »Der edle Retter hat keinen Preis, wenn er um das Glück der Erretteten weiß!«

Dann gab er, ganz Gentleman, Serafina einen Kuss auf ihren Handrücken. Dabei lachte er ihr freudestrahlend ins Gesicht.

Serafina errötete leicht und fühlte sich geschmeichelt. Nach ein paar Sekunden sagte sie: »Du hast mir heute wirklich den Abend gerettet.«

Willi freute es, dies zu hören. Er antwortete, mit einer leichten Verbeugung: »Immer wieder gern. Ich bin Willi aus Lorch und steh' Ihrer Majestät jederzeit zur Verfügung.«

»Na dann, Willi aus Lorch. Ich komme gern darauf zurück«, antwortete eine glücklich wirkende Serafina.

Willi führte die Weinkönigin noch von der Bühne und verschwand dann schnell in der Menge. Serafina zog sich wieder in den elitären Kreis zurück, wo bereits ihr wutschnaubender Vater auf sie wartete.

»Was sollte das?«, fauchte er leise seiner Tochter entgegen, ohne dass es die anderen Menschen mitbekamen.

Selbstbewusst entgegnete Serafina: »Lass mich einfach in Ruhe!«

Hartmut entgleisten die Gesichtszüge. Allerdings konnte er sich unter so vielen Menschen nicht gehen lassen und seine Tochter auf seine Art zurechtweisen. Dies nahm er sich für später vor. Serafina war es mittlerweile egal. Sie hatte einen wunderbaren Moment mit einem neuen Freund geteilt, der ihr sicher noch lange in Erinnerung bleiben würde.

Willi war wieder zurück im Kreise seiner Freunde, die ihm eine Welle der Bewunderung entgegenbrachten. Alle wollten Details wissen. »Was habt ihr geredet? Hat Serafina wirklich so einen strammen Hintern, wie er von außen scheint? Wie duftet sie? Werdet ihr euch wiedersehen?«

Willi wiegelte alles ab. »Bleibt ruhig, Männers! Ein Lorcher schweigt und genießt!«

Dabei hob er sein Weinglas und prostete den anderen genüsslich zu. Diese schüttelten nochmals ungläubig den

Kopf und stießen voller Bewunderung für den Lorcher mit diesem an.

Das muntere Treiben auf dem Festplatz wurde von allen noch einige Stunden zelebriert. Serafina wurde nach dem Tanz mit Willi rüde von ihrem Vater nach Hause verfrachtet. Dies geschah im Rücken der Gesellschaft, für die gute Miene zum bösen Spiel gemacht wurde. Willi beobachtete dies mit Wehmut. Ihm tat Serafina fürchterlich leid. Um keinen Preis in der Welt wollte er mit ihr oder ihrem Stand tauschen. Er war glücklich, ein einfacher Bub im Rheingau zu sein, ohne jegliche Verpflichtungen einer Etikette gegenüber. Mit einem dicken Kloß im Hals feierte er dennoch mit seinen Freunden weiter.

Zur fortgeschrittenen Abendstunde läuteten die Glocken der Kirche Sankt Walburga. Willi merkte auf.

»Au wei', schon so spät. Die Herr'n, ich muss los. Nit, dass ich de' letzte Zug verpass' un' hier in Winkel am Rhein übernachte' darf.«

Fritz lachte und antwortete: »Ach komm, Laggei … Hast doch locker zwei bis drei Flasche' im Kopp, da tut dir so 'ne Nacht am Rhein sicher gut!« Die anderen in der Gruppe stimmten lachend der Bemerkung von Fritz zu.

Willi winkte amüsiert ab und erwiderte: »Mit Sicherheit würd' mir die gute Luft am Vadder Rhein de' Kopfschmerz morsche früh nehme', aber ich zieh' mein wärmend Bett doch lieber vor.«

Mit breiter Brust und einem Grinsen auf den Lippen verabschiedete er sich von seinen Freunden und machte sich auf den Weg zum Bahnhof. Dabei nahm er den Weg durch ein paar schmale Gassen, die die kürzeste Strecke zum Abfahrtsgleis darstellten.

Es dämmerte bereits und die meisten Wege waren nicht beleuchtet. Nur das diffuse Abendlicht, gepaart mit dem aufgehenden Mond, spendete etwas Licht. Dies störte Willi jedoch nicht. Er kannte den Weg und machte fröhlich pfeifend seine Meter. Hier und da mit einem kleinen Ausfallschritt, der an den ordentlichen Weinkonsum, über den Tag verteilt, erinnerte. Der entspannte Willi bemerkte nicht, dass ihm ein Schatten in der Dunkelheit folgte. Je weiter er sich vom Festgelände entfernte und es menschenleerer wurde, desto näher kam sein Verfolger. In der Hand hielt dieser einen schweren, hölzernen Knüppel, den er bedrohlich zu schwenken begann, je näher er Willi kam. Er war nur noch einen knappen Meter hinter dem Lorcher. Der Verfolger hob den Knüppel und machte sich bereit, diesen Willi übers Haupt zu ziehen, da tauchten vorn an der Kreuzung zur nächsten Gasse zwei Männer auf und erblickten Willi.

Sie riefen ihm zu. »Ei, da ist ja immer noch der Lorcher Besuch. Bekommst wohl nit genug vom gute Winkeler Woi?«

Willis Angreifer ließ sofort den Knüppel sinken, als er die Aufmerksamkeit der Männer bemerkte. Willi hatte nicht realisiert, dass er gerade einem tätlichen Angriff entgangen war. Er hob grüßend die Hand und entgegnete scherzend: »Ei, ganz im Gegeteil, ich muss jetzt ganz schnell haam, um den Abend noch mit 'nem gute Lorcher Riesling zu rette'!«

Die Männer lachten und Willi ebenfalls. Es war normal, dass sich die Rheingauer untereinander immer wieder gern mit der Qualität ihrer Weine aufzogen. Jeder beanspruchte natürlich, den besten Wein in seinem Ort zu haben. Dies waren allerdings unter den Rheingauern nur scherzhaft ausgefochtene Kämpfe, die vor allem freundschaftlich einzuordnen waren. Jeder schätzte die Qualität der Weine der anderen Gemeinden. Wie Menschen hatten auch Weine ihre Stärken und Schwächen. Dies war wohl auch der Grund, warum das edle Getränk für die Menschen im Rheingau echte Identifikation bedeutete.

»Ei, dann komm' gut haam«, riefen die Männer Willi zu und fügten an: »Dir und deinem Kumpel noch 'en scheene Abend!«

Willi zog verdutzt die Augenbrauen hoch. Warum sagten die beiden Männer »Dir und deinem Kumpel«? Er hob die Hand und winkte zum Abschied. Dann vernahm er das Geräusch eines Schrittes hinter sich. Schnell drehte sich Willi um und blickte in die wütenden Augen seines Verfolgers. Dieser verpasste Willi einen wuchtigen Schubser, der ihn aus dem Gleichgewicht brachte. Der Lorcher stolperte über das Kopfsteinpflaster und fiel der Länge nach auf den Rücken. Der Mann kam näher und hielt Willi bedrohlich den Knüppel entgegen.

Er brüllte ihn aus voller Kehle an: »Wenn du noch mal Hand an mein Mädchen legst, schlage ich dir den Schädel ein!«

Willi hielt schützend seine Hände hoch und antwortete seinem Gegenüber: »Grundsätzlich kein Problem, müsstest mir nur noch verrate', von wem mir schwätze'.«

»Tu nicht so blöd. Oder mit wie vielen Weibern hast du heute getanzt?«, fauchte der Angreifer dem am Boden liegenden Lorcher entgegen.

Willi dämmerte es. Hier stand wohl Serafinas ominöser Freund Anton Gerber vor ihm. Sofort gingen ihm die

Worte seiner Freunde durch den Kopf, dass dieser Typ eine sehr kurze Zündschnur hatte und schnell drohte, zu explodieren. Somit entschied er sich, gemäß Vaters Rat, nachzudenken und mit Bedacht die Situation zu lösen.

Er entgegnete: »Ah, du meinst unsere Weinkönigin, mir war nit klar, dass du ihr Freund bist.«

»Genau so ist es und jetzt hast du ein gewaltiges Problem!« Dabei schwang Anton Gerber bedrohlich den hölzernen Knüppel. Willi blieb ruhig und folgte seiner Strategie der Deeskalation. Mit der Hand schob er vorsichtig den immer näher kommenden Knüppel von seinem Gesicht weg und kam langsam wieder auf die Beine.

»Ich versteh', dass du sauer bist. Aber ganz ehrlich, wenn du de' Freund bist, dann solltest du mir eher dankbar sein. Ich hab' deiner Freundin nämlich 'en Gefalle' getan und sie für 'en paar Minute aus der Runde von ihrem komische' Vadder befreie' könne'. Wenn du mich fragst, der hätt' ordentlich Prügel verdient!«

Dieser Schachzug war äußerst clever von Willi. Er lenkte die Aufmerksamkeit auf Serafinas Vater. Er konnte sich denken, dass Gerber diesen noch sehr viel weniger leiden konnte als ihn und mit Sicherheit jede Menge Wut dem Vater gegenüber im Bauch hatte.

Es funktionierte. Gerber senkte den Knüppel und wurde nachdenklich. Er stimmte Willi zu. »Da hast du recht. Diesem Schwein gehört tatsächlich der Schädel gespalten.«

Willi relativierte etwas. Er konnte Gewaltsprüche nicht ausstehen. »So drastisch würd' ich das jetzt nit ausdrücke', aber ich geb' dir im Grunde genomme' recht.«

Er spürte, dass jetzt die beste Möglichkeit war, dieser Szenerie unbeschadet zu entfliehen. Ihm war klar, dass dieses Ablenkungsmanöver seine Wirkung sicher in ein paar Sekunden verlor.

»Na ja, ich wünsch' dir alles Gude. Ich muss los.«

Dabei drehte sich Willi um und wollte schnell die letzten Meter zur Kreuzung zurücklegen, an der die Straße wieder beleuchtet und sicher auch belebter war.

Gerber zögerte noch einen Moment und brüllte Willi hinterher: »Moment! Mit dir bin ich trotzdem noch nicht fertig!«

Dabei schloss er wieder bedrohlich zu Willi auf. Dieser drehte sich umgehend um, damit er nicht doch noch einen Schlag mit dem Knüppel auf seinen Hinterkopf fürchten musste. Gerber hob wieder seine Waffe und war kurz davor, auszuholen, da rief eine Stimme aus dem Hintergrund:

»Anton, da bist du ja!«

Serafina stand am anderen Ende der Gasse und eilte auf Willi und Gerber zu. Dieser drehte sich um und ließ schnell den Knüppel hinter seinem Rücken verschwinden. Willi nahm ihm geistesgegenwärtig das Stück Holz aus der Hand und warf es unbemerkt in die Ecke.

Serafina schloss zu ihnen auf und warf sich Anton um den Hals.

»Ich bin so froh, dass ich dich gefunden habe. Mein Vater hat mir heute Abend wieder einen derartigen Vortrag gehalten, dass ich es nicht mehr ausgehalten habe und weggelaufen bin.« Dann blickte sie zu Willi, ließ ein Stück ihre Umarmung nach unten gleiten und sagte:

»Willi aus Lorch! Das freut mich aber, dass ihr euch kennengelernt habt.«

Gerber drehte sich mit Serafina im Arm zu Willi um. Er blickte angespannt drein und fürchtete, dass Willi seiner Freundin jetzt reinen Wein einschenkte und eröffnete, dass ihr lieber Freund versucht hatte, ihn mit einem Knüppel zu malträtieren. Dem Lorcher lag es aber fern, hier irgendjemanden in die Pfanne zu hauen. Dies war nicht seine Art. Zudem sah er, wie inbrünstig Serafina dem Raubein um den Hals gefallen war. Zwar hatte er Zweifel an der Gutmütigkeit Gerbers, doch wollte er heute kein junges Glück zerstören und versuchte, das Gute im Menschen zu sehen.

Anton wollte etwas sagen, da kam ihm Willi geistesgegenwärtig zuvor. Er würgte die ersten Worte seines Gegenübers mit seinen eigenen ab. »Anton hat mich auf dem Heimweg gesehe' und wollt' sich bedanke'!«

Mit großen Augen blickte Gerber Willi überrascht an, der ihm einen eindeutigen Blick zuwarf.

Willi fuhr fort: »Er fand das eine große Tat von mir, dass ich dich für ein paar Minute' aus dem Getümmel um deinen Vater rausgeholt hab' und du ein bissel frische Luft auf 'em Parkett schnappe' konntest.«

Serafina freute sich und schaute strahlend ihrem Freund ins Gesicht. Der sah immer noch völlig verdutzt zu Willi. Der grinste nur breit und nickte dem Raubein entgegen, dieser solle jetzt am besten mitspielen.

Gerber antwortete mit zittriger, unsicherer Stimme: »Ja … ja genau. Danke Willi, das war echt nett von dir, was du heute für Serafina gemacht hast!«

Willi hob die Hand und antwortete: »Is' doch klar, gern geschehe'!« Dann drehte er sich um und blickte Richtung Bahnhof. Er fuhr fort: »Jetzt müsst ihr beide mich aber entschuldige', ich muss meinen Zug erwische', der fährt in ein paar Minute'!«

Serafina löste sich von Gerber und schenkte Willi noch eine warme Umarmung. Dabei bedankte sie sich noch mal herzlich bei ihrem neuen Freund. Während sich die beiden umarmten, blickte Willi in Richtung Gerber, ohne dass es die Weinkönigin mitbekam. Er warf ihm einen eindeutigen Blick mit Wink auf Serafina zu, dieser solle sich jetzt gefälligst um seine Freundin kümmern. Nachdem sie die Umarmung löste, drehte sich Willi in Richtung Bahnhof um, winkte noch kurz zum Abschied und verschwand um die nächste Ecke. Gerber und Serafina gingen Hand in Hand in die entgegengesetzte Richtung.

Am Bahnhof angekommen musste Willi erst mal richtig durchschnaufen. Diese Szene hatte seine Sinne wieder vollkommen klar werden lassen und den Alkohol aus dem Hirn getrieben. Er setzte sich auf eine Bank am Gleis und sinnierte über das gerade Geschehene. Ganz bei sich dachte er: »Ich hoffe, das Mädche' macht mit dem Kerl keinen Fehler.«

AUF DES RAUBEINS SPUREN

Willi beendete seine Geschichte, die von den anderen mit bedächtiger Aufmerksamkeit verfolgt worden war.

Kießling resümierte: »Deine Hoffnung in allen Ehren, aber das Mädchen hat mit dem Kerl wohl in der Tat den größten Fehler ihres viel zu kurzen Lebens gemacht!«

Sichtlich berührt stimmte Willi zu.

Ella spürte, wie sehr die Geschichte dem Rentner nahe ging. Sie kam an seine Seite und nahm ihn tröstend in den Arm.

»Das tut mir sehr leid, dass du für uns in derart traurigen Erinnerungen kramen musstest«, sagte die Polizeibeamtin in sanftem Ton.

Willi grinste aber schon wieder und entgegnete: »Ach, macht' euch mo' keine Sorge. Die Geschicht' mit Serafina geht mir zwar schon sehr nah', aber der Abend war ja grundsätzlich lustisch und vor allem von der ein oder anderen Flasch' Woi gekrönt.«

Ella lachte und gab ihm einen liebevoll gemeinten Klaps auf den Hinterkopf. Dr. Berger konnte sich ebenfalls einen Kommentar nicht verkneifen.

»Ja, wirklich bedrückend das Schicksal von Königin Serafina. Ich kann ihren Vater irgendwo verstehen, dass er seine Tochter vor derartiger Klientel schützen wollte.«

Jetzt erntete der Pathologe stillschweigende, kritische Blicke von den anderen vieren. Dem Gerichtsmediziner war entgangen, dass der Vater auch junge Männer wie Willi als unwürdig für seine Tochter empfunden hatte. Er blickte fragend in die Runde, was er Falsches gesagt habe? Nach einigen Sekunden dämmerte es Dr. Berger und reumütig relativierte er seine Aussage.

»Oh, natürlich meine ich Personen wie Anton Gerber. Unserem Willi hätte ich als Serafinas Vater meine Tochter in jedem Fall uneingeschränkt anvertraut. Einen perfekteren Schwiegersohn hätte dieser Tor nicht bekommen können.«

Damit hatte der Pathologe noch mal die Kurve gekriegt.

Willi kommentierte: »Das will ich aber auch meine, Doktorche'! Aber is' alles gut. Die Serafina war zwar eine der scheenste Frau zu der Zeit, aber nix für mich. Ein paar Jahr' später hab' ich meinen Schatz kennegelernt und will keine Minute von unsere' gemeinsame Zeit misse'!«

»Oh, wie romantisch!«, schwärmte Ella und nahm ihren Arnold dabei in den Arm.

Kießling unterbrach die Konversation und wollte die Aufmerksamkeit wieder auf den Fall lenken.

»Jetzt aber Schluss mit dem sentimentalen Geplänkel. Wir haben hier jede Menge Arbeit vor uns.« Er stellte sich vor die Gruppe und begann mit der Aufgabenverteilung. »Wir müssen jetzt Gas geben. Willi, du hast Gerber persönlich kennengelernt. Würdest du ihm zutrauen, einen

Mord zu begehen, und nicht zu vergessen, die Brandstiftung?«

Der Rentner ging einen Moment in sich und überlegte. Er hob den Kopf und antwortete dem Kommissar: »Ich musst' mich grad' noch mal an den Abend von damals zurückversetze'. Ich muss sage', ich hat mehr Glück als Verstand an dem Tag. In seine Auge konnt' ich sehe', do war nix außer Hass und Raserei. Ich glaub', wär' Serafina nit uffgetaucht, hätt' das bös' ausgehe' könne'.«

Kießling nickte zustimmend. »So ist auch mein Gefühl. Also Ansage, Anton Gerber ist unser Hauptverdächtiger.« Er zeigte auf seine Assistentin und gab Anweisung. »Ella, fahr du zurück aufs Revier. Forste Datenbanken durch und suche nach allem, was du über Gerber herausfinden kannst. Eltern, Geschwister, offene Strafzettel, ist mir scheißegal, ich will alles wissen.«

Dann wandte sich der Kommissar zu Arnold und Willi.

»Ihr beide macht euch auf nach Lorch. Schnappt euch die Bücher von dem van Fraisaen und geht jedes einzelne Buch durch. Falls euch eines fehlt, holt es euch noch hier bei dem Tessler in der Buchhandlung.«

Willi rieb sich die Hände, zog Arnold zu sich heran und wisperte ihm zu: »Das is' aber en scheene Aufgabe. Ich hab' für die Leserund' noch gute Riesling im Kühl…«

Kießling unterbrach den Rentner umgehend. »Nix Riesling aus dem Kühlschrank. Wenn wir den Fall gelöst haben, dann können wir gern deinen ganzen Eisschrank leer trinken, aber bis dahin: volle Konzentration!«

Willi antwortete voll motiviert: »Na dann auf, Arnold, wir müsse' den Fall löse'. Vorher gibt's nix mehr zu trinke'!«

»So ist recht!«, antwortete der Kommissar.

»Was soll ich machen?«, fragte Dr. Berger.

Kießling überlegte einen Moment und entgegnete: »Sie unterstützen mich in der Feldarbeit. Wir werden jetzt hier vor Ort jeden Stein umdrehen und zusehen, was wir bei den Einheimischen über Gerber rausfinden können.«

Gesagt, getan. Jeder hatte seine Aufgabe bekommen. Ella begab sich zum Polizeirevier, Willi und Arnold fuhren nach Lorch, Kießling und Dr. Berger begannen ihre Recherchen vor Ort.

»Wo fangen wir an?«, wollte der Gerichtsmediziner vom Kommissar wissen.

»Gute Frage, mein lieber Herr Doktor. Lassen Sie uns doch mal zu der Bäckerei da vorn gehen. Da babbeln ein paar rüstige Damen miteinander. Die können uns vielleicht weiterhelfen.«

Dr. Berger und Kießling begaben sich zur Bäckerei. Der Kommissar entschuldigte sich höflich bei den vor der Bäckerei erzählenden Damen und fragte sie nach Anton Gerber. Ein Raunen ging durch die Runde. Wie schon Willi vorhin konnten auch die Frauen Geschichten zu dem Raubein erzählen. Er hatte wirklich keinen guten Ruf und schien in seiner Jugend, bis zu seinem Verschwinden nach den Bränden, jeder Menge Leute auf die Füße getreten zu sein. Eine Familie gab es offensichtlich ebenfalls nicht mehr in Winkel. Er war Einzelkind. Der Vater hatte ihn und seine Mutter bereits kurz nach der Geburt verlassen. So wurde er allein vom verbliebenen Elternteil aufgezogen, was in den alten Tagen nicht immer einfach war.

In der Schule fiel er nur durch Raufereien auf, wirkliche Freunde hatte er keine. Alle Leute, und vor allem die Jugendlichen, versuchten Anton Gerber großzügig aus dem Weg zu gehen. Das Gerücht, er habe ein Verhältnis mit Weinkönigin Serafina, erregte allerdings allgemeines Interesse. Da wurde nach Aussage aller befragten Zeitzeugen getuschelt, was das Zeug hielt. Niemand konnte wirklich glauben, dass die anmutige Serafina mit diesem Raubein ein Verhältnis hatte. Dieses Unverständnis basierte nicht auf den gleichen Motiven wie denen von Serafinas Vater, der einfach keinen Schwiegersohn aus der bürgerlichen Unterschicht haben wollte. Der Unglaube bei den Einheimischen hatte schlicht und ergreifend daher gerührt, dass Anton Gerber wohl der ungehobelste und charakterloseste Umgang für die schöne Weinkönigin war.

Kießling und Dr. Berger hörten sich die Geschichten geduldig an und hofften, irgendwelche verwertbaren Fakten zu erhalten. Doch es waren alles nur Erzählungen, mit denen sich im besten Fall Stammtischgesellschaften den Nachmittag interessanter machen konnten. Doch ein Satz ließ den Kommissar aufhorchen. Eine der Damen erwähnte beiläufig, eine alte Stadtchronik in der heimischen Bibliothek zu haben, die eventuell ein Bild von Anton Gerber enthielt.

Sofort war Kießling Feuer und Flamme. »Meine Dame, wäre es in Ordnung, wenn Sie Ihre Konversation mit Ihren Freundinnen später fortführen und uns jetzt die Chronik zeigen?

»Aber natürlich, Herr Kommissar. Komme' Sie mit. Ich hab' für Sie sicher auch noch ein Tässche' Kaffee und ein paar Plätzche'«, antwortete die ältere Frau.

Dr. Berger bedankte sich sofort stilgerecht für die nette Einladung. »Oh, es ist uns eine Freude, Sie zu begleiten!«

Kießling nickte freundlich und ließ die Dame vorausgehen. Er drehte sich kurz zu Dr. Berger um und flüsterte ihm zu: »Nicht, dass das zum Kaffeekränzchen ausartet. Halten Sie sich zurück.«

Der Pathologe runzelte die Stirn. Kießling hatte dies nicht umsonst erwähnt. Er kannte seinen Dr. Berger und dessen Hang, höfliche Etikette zu wahren, wenn jemand zum Kaffee einlud. Eine Einladung auszuschlagen würde er als unhöflich empfinden. Daher erwähnte Kießling dies vorsichtshalber. Er wollte die Chronik, im besten Fall ein Bild von Gerber und dann wieder raus an die Arbeit.

Ein paar Straßen weiter war die ältere Dame zu Hause. Eine gefühlte Ewigkeit kramte sie in ihrer Handtasche nach dem Haustürschlüssel. Kießling tippelte dahinter ungeduldig mit dem rechten Schuh auf dem Bürgersteig herum.

Dr. Berger wisperte ihm zu: »Geduld, Herr Kommissar. Dies ist die Tugend der Weisen!«

Kießling schielte den Gerichtsmediziner genervt aus dem Augenwinkel an und kommentierte diese Bauernweisheit mit einem leisen Seufzer. Nach gefühlt mehreren Minuten fand die Dame den Schlüssel, schloss die Tür auf und bat die beiden Herren ins Haus.

»Kommen Sie bitte rein. Würde es Ihnen etwas ausmachen, die Schuhe auszuziehen? Ich hab' heut' morgen den Teppich frisch gesaugt.«

Dr. Berger folgte der Aufforderung zugleich. Kießling schaute einen Moment missmutig drein, zog aber dann folgsam seine Schuhe aus und platzierte diese neben den Slippern des Gerichtsmediziners.

»Folgen Sie mir bitte«, bat die Dame die beiden und rief anschließend in den Flur: »Karl-Heinz! Wir habe' Besuch und komme' jetzt ins Wohnzimmer. Zieh' Dir bitte was an!«

Daraufhin drehte sie sich zu ihren Gästen und erklärte: »Bitte entschuldigen Sie, aber mein Mann guckt gern Fernseh' und sitzt dabei nur in de' Unterhos' im Sessel. Den Anblick möcht' ich Ihne' gern erspare'.«

»Zu gütig!«, kommentierte Kießling mit einem sarkastischen Unterton.

Die drei gelangten ins Wohnzimmer, wo sich Gatte Karl-Heinz gerade in eine Jogginghose zwängte. Er begrüßte ebenfalls die Besucher.

»Guten Tag. Wie könne' wir Ihne' helfe'?«

Seine Frau kam an seine Seite und erklärte: »Die Herren sind von der Polizei und benötigen eine alte Chronik von Winkel. Die müssten wir doch noch im Schrank haben?«

Der Ehemann überlegte und sagte: »Jo, sicher. Gucke Sie mo' da hinte' in der Schrankwand. Da stehe einige alte Bücher und irgendwo ist do ach 'en Chronik von Winkel dabei!«

Kießling ging an die Schrankwand und schaute sich um. Dabei atmete er ein paar Mal tief ein und aus. Es war etwas muffig in dem Raum und ziemlich warm. Die Heizung war hochgedreht. Kießling wischte sich über die Stirn, wo sich schon ein paar Schweißperlen angesammelt hatten.

»Ich geh' dann mal Kaffee machen«, rief die Hausherrin aus dem Hintergrund. Blitzschnell drehte sich der Kommissar um und hielt sie davon ab.

»Bitte jetzt nicht gehen. Ich brauche Ihre Hilfe. Sie müssen uns helfen, Anton Gerber in der Chronik zu identifizieren.«

»Anton Gerber?«, fragte Ehemann Karl-Heinz.

»Ja, Anton Gerber. Haben Sie ebenfalls von dem gehört?«

»Aber sicher. Der wurd' ja verdächtigt, die Brände in de Sechzigerjahr' hier in Winkel gelegt zu habe'.«

»Und er war mit der Weinkönigin Serafina zusammen«, ergänzte Dr. Berger.

Karl-Heinz fuhr fort: »Jo genau. Hab' ich nie verstande', dass die schee Frau mit dem komische' Kerl durchgebrannt is'.«

Kießling schaute derweil wieder auf das Bücherregal und erblickte eine Ortschronik. Er zog die Schrift heraus und hielt sie dem Hausherren hin.

»Hier, ist das die Ortschronik?«

Karl-Heinz nahm das Buch an sich und begann darin zu blättern. Die Chronik war komplett in schwarz-weiß und enthielt alte Bilder der Stadt mit Personen aus den jeweiligen Zeiten. Bei einem Bild, von einer Gruppe Jugendlichen, hielt er an und zeigte mit dem Finger auf eine Person.

»Das is' Anton Gerber!«

Der Kommissar nahm das Buch und schaute sich konzentriert die Fotografie an. Dr. Berger linste ihm vorsichtig über die Schulter, nahm einen flüchtigen Blick. Vor seinem inneren Auge versuchte Kießling sich vorzustellen, wie Gerber heute mit Mitte siebzig aussehen könnte. Die anderen im Raum blickten Kießling stillschweigend an, wollten den Polizisten in seiner Konzentration nicht stören. Nach einer knappen halben Minute schaute er hoch, sagte aber nichts. Seine Blicke fuhren über das Bücherregal. Plötzlich verharrten diese an einem bestimmten Punkt. Wieder hatte er was entdeckt. Er legte die Chronik beiseite und griff nach einem Buch im oberen Teil des Regals. Es war ein Roman von Richard van Fraisaen. Er drehte sich um und zeigte dem Ehepaar das Buch.

»Hier kaufen wohl alle in derselben Buchhandlung ein?«

Karl-Heinz zuckte mit den Schultern. »Eigentlich nit. Gelese' hat das keiner von uns beide'. Das habe' mir seit gut dreißig Jahr' im Schrank stehe', seit der Gerber damals wieder mit dene' Bücher in Winkel aufgetaucht is'.«

Kießling geriet in Schockstarre. Was hatte der Rentner eben gesagt? Hatte er sich vielleicht verhört?

Der Kommissar schüttelte sich und musste seine Gedanken kurz sortieren.

»Moment mal, was haben Sie da gerade gesagt? Der Gerber ist irgendwann in den Neunzigern mit diesen Büchern hier in Winkel aufgetaucht?«

»Stimmt, daran konnt' ich mich gar nit mehr entsinne'«, kommentierte die Ehefrau.

Karl-Heinz fuhrt fort: »Jo. Hat uns alle gewundert. Ich hätt' damit gerechnet, dass der eh sofort verhaftet wird – wege' dieser Brände und so. Hat aber anscheinend keine' mehr interessiert.«

Kießling war mehr als überrascht über diese Aussage. Er hatte hier mit allem gerechnet, aber nicht mit der Erkenntnis, dass Gerber vor dreißig Jahren mit diesen Büchern in Winkel aufschlug. Der Kommissar versuchte, mehr von dem Ehepaar zu erfahren.

»Können Sie uns mehr darüber sagen? Wo hat er die Bücher verkauft und warum gerade diese?«

Karl Heinz überlegte kurz und antwortete: »Der hat damals die Bücher kostenlos ausgelegt. Beim Bäcker, beim Metzger – hier und da. Er hat überall erzählt', dass er jetzt in Holland wohnt und für den Autor schafft. Irgendwann wollt' er wohl ma' wieder die alte Heimat besuche' und dabei direkt bissel Werbung für seinen Arbeitgeber mache' – denk' ich.«

Jetzt kam Kießling vom Glauben ab. Mit dieser Entwicklung hatte er bei Weitem nicht gerechnet. Er bedankte sich eilig bei dem Ehepaar und bat darum, die Chronik mitnehmen zu dürfen.

Karl-Heinz winkte zustimmend und sagte: »Jo, nehme' Sie das Ding ruhig mit, liest eh keiner mehr.«

Der Kommissar eilte schnell zur Haustür, öffnete diese und stürmte auf die Straße. Dort wartete er ungeduldig auf Dr. Berger, der sich noch höflich bei dem Ehepaar verabschiedete. Für Kießling dauerte dies eine gefühlte Ewigkeit. Er ließ keine Zeit verstreichen, griff nach seinem Mobiltelefon und wählte Ellas Nummer. In voller Aufregung und Windeseile berichtete er seiner Assistentin die neuesten Erkenntnisse. Indes schlenderte Dr. Berger aus dem Hauseingang.

Kießling rief dem Gerichtsmediziner entnervt entgegen: »Machen Sie schon, wir haben keine Zeit zu verlieren. Wir müssen zu Ella aufs Revier. Sie beginnt bereits mit den Recherchen, was Gerber in den Niederlanden bei diesem Autor gemacht hat.«

Dr. Berger ging ganz entspannt die Stufen von der Haustür herunter und sagte: »Dann mal los.«

»Das will ich aber auch gesagt haben«, entgegnete Kießling energisch und wollte zu Dr. Bergers Auto eilen. Dieser blieb allerdings auf der Treppe stehen.

Kießling rief entnervt: »Was stehen Sie denn da noch so dämlich in der Gegend rum, kommen Sie in die Gänge!«

»Haben Sie nicht etwas vergessen?«, fragte der Pathologe provokant und winkte dabei mit Kießlings Schuhen.

Der Kommissar blickte verdutzt drein und danach auf seine Füße. Er bemerkte, dass er in Socken auf dem Bürgersteig stand.

Entnervt, aber direkt rief er Dr. Berger entgegen: »Geben Sie schon her!«.

Dieser übergab Kießling mit sichtlicher Genugtuung sein Schuhwerk. Danach ging es schnell zu Dr. Bergers Mercedes und auf dem schnellsten Wege zum Wiesbadener Polizeirevier.

ERSCHÜTTERNDE NEUIGKEITEN

Eine halbe Stunde später fuhren der Kommissar und Dr. Berger auf dem Parkplatz der Wiesbadener Polizei vor. Der Pathologe suchte sich eine freie Parkbucht und stellte seinen geliebten Mercedes vorsichtig ab. Kießling grummelte vor sich hin, weil Dr. Berger nicht eine der ersten, vorderen Parkplätze genommen hatte. Diese waren ihm allerdings zu eng und er wollte seinem teuren Gefährt den größtmöglichen Platz gönnen. Der Kommissar vermied es, dies wieder sarkastisch zu kommentieren. Er wusste, irgendwann saß er wieder am Steuer und der Doktor auf seiner Rückbank, außerdem streiften seine Gedanken um deutlich wichtigere Fakten.

Schnellen Schrittes betraten die beiden das Gebäude und eilten zum Büro, wo Ella bereits auf sie wartete. Ohne eine Begrüßung ging Kießling gleich in die Vollen und strotzte nur so vor Motivation durch die neuen Erkenntnisse.

»Ok Ella. Lass uns gleich loslegen. Was konntest du bereits rausfinden?«, fragte Kießling wie aus der Pistole geschossen. Dabei rannte er wie ein aufgescheuchtes Huhn im Zimmer herum, gestikulierte wild mit den Händen und gab die Kurzfassung der neuesten Informationen preis. Dabei bemerkte er gar nicht, dass seine Assistentin wie angewurzelt hinter dem Schreibtisch stand und ihm stillschweigend mit dem Kopf folgte. Dabei hielt sie ein Foto in der Hand.

Nach einer knappen Minute seines Wortfeuers bekam der Kommissar mit, dass Ella anscheinend gar nicht bei der Sache war und nur darauf wartete, dass er endlich still war und Luft holte. Kießling blieb stehen, hob die Hände in Schulterhöhe und fragte: »Ella? Hörst du mir überhaupt zu?«

Die Polizistin zögerte noch einen Moment und hielt ihrem Chef dann das Foto hin. Kießling betrachtete es flüchtig. Ein junges Pärchen war darauf zu sehen. Dr. Berger kam dazu und warf ebenfalls einen Blick auf die Fotografie.

»Wer ist das?«, fragte der Pathologe.

Kießling fügte an: »Und was hat das mit unserem Fall zu tun?«

Ella schnappte sich wieder das Bild und hielt es demonstrativ vor sich.

»Das sind Merle und Hendrik van Fraisaen, ein Geschwisterpaar. Die Kinder von Richard van Fraisaen. Sie sind verschwunden.«

Kießling und Dr. Berger bekamen große Augen vor Verwunderung. Erst stellten sie eine eindeutige Verbindung von Anton Gerber zu Richard van Fraisaen fest und jetzt waren dessen Kinder nicht mehr auffindbar.

Kießling fragte nach: »Wann ist das passiert?«

Ella antwortete: »Vor Kurzem. Die Nachricht hat uns allerdings gerade eben erst erreicht. Wir standen mit den niederländischen Kollegen wegen der Identifizierung von Richard van Fraisaen in Kontakt. Als wir mitteilten, dass dieser unser Mordopfer ist, gaben die Kollegen an, dass die Kinder nach einer Feier spurlos verschwanden.«

»Wie kommst du darauf, dass ein Verbrechen vorliegt? Vielleicht machen die sich nur irgendwo ein flottes Wochenende«, argumentierte Kießling, da kein Beweis vorlag, dass hier etwas Ungewöhnliches vorging.

Ella erklärte: »Ihr Fahrzeug wurde einige Kilometer von der Feier entfernt verlassen in einem Waldstück gefunden. Ausweispapiere, Geld – alles zurückgelassen. Das Fahrzeug stand offen und anscheinend gab es Reifenspuren von einem anderen, größeren Fahrzeug. Eventuell ein Transporter.«

»Hört sich alles sehr dubios an, wenn wir davon ausgehen, dass deren Vater zur ungefähr gleichen Zeit oder etwas früher am Oestricher Kran aufgeknüpft wurde«, kombinierte der Kommissar.

»Wie geht's jetzt weiter?«, fragte Dr. Berger in die Runde.

Kießling war ratlos. Diese neue Entwicklung hatte er nicht erwartet. Wie passten die verschwundenen Kinder jetzt ins Bild? Er nahm Ella wieder die Fotografie aus der Hand, starrte darauf und lief nachdenklich im Raum hin und her. Dr. Berger und Ella folgten dem Kommissar mit ihren Blicken und versuchten, ebenfalls einen Ansatz für das weitere Vorgehen zu finden. Ruckartig blieb Kießling stehen.

»Ok. Wir können uns jetzt nicht an den Kindern aufhalten. Wir wissen schließlich noch gar nicht, ob die beiden überhaupt entführt, verschwunden, ermordet oder was auch immer sind.«

»Na hoffentlich am Leben und unversehrt«, unterbrach Ella ihn.

Kießling führte weiter aus: »Ja natürlich, das hoffe ich selbstverständlich auch, aber wir wissen bis jetzt noch nichts. Zudem sind die ja in den Niederlanden verschwunden?«

Der Kommissar blickte seine Assistentin bei dem Satz fragend an.

»Ja, so ist es«, antwortete die Polizistin.

»Dann überlassen wir den Kollegen vor Ort erst mal die weiteren Ermittlungen zu dem Geschwisterpaar. Wir konzentrieren uns hier auf Anton Gerber. Wir müssen noch mehr über ihn erfahren. Sollte er unser Mann sein, warum hat er seinen Chef gemeuchelt? Gab es Probleme, ging es um Geld? Was steckt hinter dieser Verbindung?«

Ella und Dr. Berger lauschten aufmerksam Kießlings Ausführungen. Nachdem dieser fertig war, klatschte er in die Hände und gab den Startschuss für die intensiveren Nachforschungen zu dem Raubein von Winkel.

BLUTIGES VERMÄCHTNIS

Es war kalt, spärlich beleuchtet und alles roch nach einem fauligen, modrigen Kellerloch. Der Putz bröckelte von Wand und Decke. Auf dem Boden lag eine schimmlige Matratze, auf der zwei junge Menschen mit Handschellen aneinandergefesselt waren. Ihre Körper zitterten und wurden von Zeit zu Zeit von einem heftigen Zucken heimgesucht. Sie atmeten schwer, waren benommen. Auf ihrer Haut zeichneten sich stellenweise Blessuren ab. Die Haare waren zerzaust und die Bekleidung verschmutzt und vom Dreck des Kellerlochs gezeichnet. Beide befanden sich wie in einer Art Trance, hervorgerufen durch ein starkes Betäubungsmittel, das ihnen ihr Entführer verabreicht hatte. Über viele Stunden wurden sie damit gefügig und ruhig gehalten, bis jetzt die Wirkung langsam nachließ.

Die junge Frau öffnete zuerst die Augen und blickte sich um. Alles war nur schemenhaft zu erkennen. Ihre Sinne waren immer noch nicht ganz beisammen. Vorsichtig tastete sie mit einer Hand umher, um festzustellen, ob dieser Alptraum real oder nur eine Fiktion ihres Gehirnes war. Je länger sie tastete und ihre Fingernägel in die Haut ihres rechten Unterarmes drückte, umso realer wurde die Situation. Angst und Panik standen in ihr Gesicht geschrieben. Sie spürte die Handschellen an ihrem rechten Handgelenk und dass sie an eine andere Person gefesselt war. Schnell erkannte sie ihren Bruder.

Ihre Stimme war kaum präsent, der Rachen schmerzte, doch mit aller Kraft versuchte sie ihren Bruder zu wecken.

»Hendrik! Hendrik, bitte wach auf!«

Ihre Stimme klang panisch und zittrig. Ihr Bruder rührte sich nicht. In ihr stieg die Angst, dass dieser vielleicht gar nicht mehr am Leben wäre und sie an den Arm ihres toten Bruders gekettet war. Sie versuchte schwerfällig, sich aufzusetzen, und zog dabei an dem an sie gefesselten Handgelenks ihres Bruders. Nach einigen weiteren Versuchen begann sich der junge Mann zu rühren. Sein Atmen wurde lauter und er regte sich.

Hendrik drehte den Kopf zu seiner Schwester und fragte noch völlig benommen: »Merle? Wo sind wir? Was ist passiert?«

Diese schüttelte den Kopf und brabbelte mit einem verweinten Unterton: »Ich weiß es nicht. Ich bin auch gerade erst zu mir gekommen. Was ist das hier?«

Hendrik rappelte sich mit mehreren Anläufen ebenfalls hoch. Es war schwierig für ihn. Die Betäubungsmittel hatten ihm genauso schwer zugesetzt wie seiner Schwester. Seine Sehkraft war noch nicht vollends wiederhergestellt und durch schmale Augenlider versuchte er, das Terrain zu sondieren. Immer wieder öffnete er den Mund und fuhr mit der Zunge über seine Lippen. Er hatte durch die verabreichten Medikamente einen staubtrockenen Mund und schmatzte immer wieder durch den klebrigen

Speichel. Merle erging es nicht anders. Sie hatte ebenfalls dieses Trockenheitsgefühl. Beide quälten sich mit ihren kraftlosen und ausgezehrten Körpern.

»Was ist das für ein Ort?«, fragte Hendrik.

Merle wusste keine Antwort auf die Frage ihres Bruders. Sie schüttelte nur den Kopf und versuchte inständig, nicht in Panik zu verfallen. Sie sah nach vorn und erblickte einen Stuhl, der mitten im Raum stand. Ein Seil hing daran herunter und Stricke waren an den Seiten noch verknotet, als wäre jemand auf dem Stuhl gefesselt gewesen.

»Sieh dir das an«, sagte Merle zu ihrem Bruder. Sie robbte im Sitzen in Richtung Raummitte, wollte sich das genauer ansehen. Zwangsläufig folgte ihr Hendrik, da sie mit den Fesseln aneinandergekettet waren. Merle drehte den Kopf nah an den hölzernen Stuhl, berührte mit der freien Hand die Seile und musterte die Oberfläche. An der Seite entdeckte die junge Frau Blutspuren. Sie schimmerten im diffusen Licht fast schwarz, waren aber deutlich erkennbar. Es sah so aus, als hätte sich jemand mit aller Gewalt in das Holz des Stuhles gekrallt und die Nägel eingerissen. Dabei verteilte sich Blut an der Stuhlseite. Merle durchflutete ein Meer von Angst. Ihr Hals schnürte sich zu und Tränen, die von einer Panik ausgelöst wurden, füllten ihre Augen. Sie nahm die freie Hand vor den Mund und schluchzte heftig.

»Wir müssen hier raus«, schrie sie lauthals, in der Hoffnung, dass jemand ihrem Hilferuf Gehör schenkte.

Auch Hendrik versuchte jetzt, mit lauten Rufen Aufmerksamkeit für ihre missliche Lage zu erzeugen. Nach mehreren Versuchen verließ das Geschwisterpaar Kraft und Hoffnung. Resigniert robbten sie zurück und sackten wieder auf die faulige Matratze. Ihre Köpfe auf die Brust gesenkt ergaben sie sich der offensichtlichen Aussichtslosigkeit ihrer Lage. Plötzlich drang ein Geräusch zu ihnen durch, das ihnen in den Minuten nach dem Aufwachen aus ihrer Ohnmacht noch nicht zu Ohren gekommen war. Der Fußboden über ihnen knirschte und es schien sich jemand darauf zu bewegen. Umgehend fassten sie wieder Hoffnung und schrien sich die Seele aus dem Leib. Auf der anderen Seite des Raumes öffnete sich in der Decke eine Luke, zu der eine hölzerne Treppe führte. Diese lag gänzlich im Dunkeln, daher war ihnen der Ausgang vorher nicht aufgefallen. Durch die Öffnung drang etwas Licht und der Umriss einer Person war erkennbar, die die Stufen herunterkam. Merle und Hendrik hörten auf, zu rufen. Sie schwebten irgendwo zwischen Hoffnung und Angst, was sie jetzt erwartete. War es ein Retter oder ihr Entführer?

Eine tiefe Stimme begann zu sprechen: »Die Geschwister sind erwacht, wie schön. Ich hoffe, ihr genießt euren Aufenthalt?«

Merle und Hendrik hielten die Luft an. Sie wussten nicht, was sie ihrem Gegenüber auf diese Floskel entgegnen sollten. Die junge Frau fand als Erste ihre Worte wieder.

»Wer sind Sie und was wollen Sie? Wo sind wir?«, sagte sie mit einem panischen Unterton.

Der Entführer setzte ein diabolisches Lachen voran und antwortete: »Wer ich bin, tut nichts zur Sache. Ihr seid genau da, wo ihr hingehört, in der Bußkammer Eures Vaters.«

Hendrik horchte auf. »Unseres Vaters? Was meinen Sie damit? Wo ist unser Vater?«

»Wo euer Vater ist, spielt keine Rolle mehr. Er hat das geerntet, was er im Leben ausgesät hat, und ihr nehmt nun teil an seinen Geschichten, die er so liebte.«

Jetzt brach es aus Merle heraus. Sie schrie dem Entführer entgegen: »Haben Sie unserem Vater etwas angetan?« Dabei sprang sie auf, wurde aber sofort wieder von der Handfessel zurückgerissen.

Der Entführer kam entschlossen auf beide zu und fauchte: »Er hat sein elendes Leben so ausgehaucht, wie er es geführt hat. Nichts sehend und angekettet.« Dabei zeigte er auf den Stuhl, den die Geschwister bereits entdeckt hatten. Merle brach bei dem Anblick in Tränen aus. Ihr wurde klar, dass der Mann vor ihnen wohl ihren Vater ermordet hatte und das genau in diesem Raum.

Hendrik nahm seine letzte Kraft zusammen und wollte den Entführer angreifen. Auch er wurde von der Handfessel gebremst. Dieses Mal packte der Peiniger zu, erwischte Hendrik am Hals und würgte ihn. Die Kräfte verließen den jungen Mann. Merle versuchte, ihrem Bruder zu helfen.

»Lassen Sie ihn los!«, brüllte sie aus voller Kehle. Es half nichts.

Der Entführer zog eine Spraydose hervor und sprühte Merle eine Flüssigkeit ins Gesicht. Diese sackte sofort zusammen, schloss die Augen und fiel in einen Betäubungsschlaf. Jetzt wandte er sich zu Hendrik, den er immer noch am Hals gepackt hielt.

»Siehst du, so einfach ist das. Versucht es gar nicht erst. Euer Schicksal ist geschrieben, bedankt euch bei eurem Vater, wenn ihr ihn in der Hölle trefft.«

Darauf warf er Hendrik mit einem wuchtigen Hieb ebenso auf die Matratze. Dieser wollte mit letzter Kraft noch mal hochkommen, soweit die Handfessel es erlaubte, doch er landete mit seinem Kopf nur in einer weiteren Wolke des K.-o.-Sprays, das ihm der Entführer entgegensprühte. Er fiel wieder zurück, landete auf dem Rücken und war ebenso wie seine Schwester seiner Sinne beraubt.

Der Entführer richtete sich auf, betrachtete einen Moment lang das Geschwisterpaar. Dann wischte er sich abfällig mit der Hand über das Gesicht, drehte sich um, ging durch den Raum und die Kellertreppe wieder hinauf. Er verschwand durch die Luke und ließ diese mit einem lauten Krachen zufallen. Das diffuse Licht im Keller erlosch und die zwei jungen Menschen blieben in der Dunkelheit zurück.

KEINE GNADE

Kießlings Büro im Wiesbadener Polizeirevier glich einem Hühnerhaus. Überall war Geschnatter durch lautes Telefonieren zu hören, Akten wurden durch die Gegend geschleppt und inmitten des ganzen Gewusels versuchte der Kommissar zu koordinieren, was zu koordinieren ging. Ständig schickte er Bürohelfer in den Aktenkeller, um weitere Papiere zu holen, wenn ihm wieder etwas in den Sinn kam. Es ging ihm insbesondere um alte Strafakten, worin vielleicht ein Hinweis über die Beteiligung von Anton Gerber verzeichnet war. In den letzten Tagen hatten sie viel über das Raubein von Winkel erfahren, wussten aber am Ende des Tages nichts Greifbares. Er war ein Raufbold, vielleicht Brandstifter, der Liebhaber einer wunderschönen Weinkönigin, und eine Geschichte reihte sich an die nächste. Aber war er auch imstande, zu töten? Wieso hatte es ihn in die Niederlande verschlagen? Wie war er an den Autor Richard van Fraisaen gelangt und was verband die beiden miteinander? Dieser Part war Ella zugeteilt. Sie telefonierte wie eine Wilde mit niederländischen Behörden und Kollegen, um mehr über die Verbindung von Gerber und van Fraisaen herauszufinden. Teilweise war sie am Rande der Verzweiflung, da die örtlichen Behörden eine ziemlich lange Leitung zu haben schienen, wenn es um Informationsbeschaffung ging. Auf der anderen Seite beruhigte sie dieser Fakt, da sie damit den deutschen Behörden in nichts nachstanden. In einer Mischung von Entspannung und Entnervung blubberte sie vor sich hin:

»Gott sei Dank, ich dachte, wir hätten den lahmarschigsten Staatsapparat der Welt.«

Kießling bekam das Elend mit und kommentierte süffisant: »Nenn mir das Land, wo sich die Sesselfurzer auf den Behörden nicht den ganzen Tag in der Nase bohren, dahin wandere ich aus.«

»Ich hab gehört, in Australien werden einfache behördliche Dinge abends im Pub geregelt.«

Kießling hob den Kopf und schaute seine Assistentin mit großen Augen an.

»Ella, pack die Koffer. Wir holen noch Arnold und Willi ab und wandern nach Australien aus!«

Die Polizistin grinste und bemerkte: »Du hast Dr. Berger vergessen.«

»Bist du wahnsinnig, der im entspannten Australien! Ich garantiere dir, mit Dr. Berger eine Woche in Down Under und wir fliegen hochkant aus dem Land.«

Ella grinste. Die kleine, kurzweilige Konversation brachte die beiden kurzfristig auf andere Gedanken. Schnell wurde die Polizistin aber wieder in die Realität zurückgeholt. Sie hielt den Telefonhörer in der Hand, vom Ohr weggedreht, da im Hintergrund das unerträgliche Lied einer Warteschleife dudelte. Diese wurde beendet und eine Person ging ran. Ella hielt umgehend den

Hörer wieder an ihr Ohr und versuchte weiterhin ihr Glück bei den Recherchen um van Fraisaen und Gerber in den Niederlanden.

Kießling nahm wieder seinen Kugelschreiber zwischen die Zähne und wühlte weiter in einem Papierberg von alten Akten.

Draußen auf dem Gang öffnete sich indes die Fahrstuhltür. Ein ganz in schwarz gehüllter Mann trat auf den Gang. Er trug einen schweren Mantel mit hohem Kragen. Dieser war aufgestellt und verdeckte zwei Drittel seines Hauptes. Auf dem Kopf ein Hut, der tief ins Gesicht gezogen war, und lederne Handschuhe an den Händen. Der Mann stand auf dem Gang und beobachtete das Treiben der Beamten. Er schien amüsiert, denn seine Mundwinkel verzogen sich unter dem Schutz seiner Bekleidung zu einem Lächeln. Normalerweise würde eine derart seltsam gekleidete und mysteriös anmutende Person sofort auffallen, doch heute hatten alle nur die von Kießling verhängte Recherchearbeit im Sinn. Der Mann ging langsam über den Gang. Prüfend blickte er in die Büros, wo jeder seinen Aufgaben nachging. Die Wände im Polizeirevier waren gläsern und so konnte man von jedem Punkt auf der Etage aus in die verschiedenen Büros der Beamten schauen. Langsam bewegte sich der Mann immer weiter. Seine prüfenden Blicke schienen etwas oder jemanden zu suchen. Nach einigen Metern blieb er stehen. Er hatte das Ziel seines Interesses gefunden. Seine Augen waren durch die Scheiben auf Kommissar Kießling gerichtet.

Leise murmelte er: »Da ist er ja, der Held von Winkel!«

Mit seiner linken Hand zog er seinen Mantel etwas vom Körper weg. Mit der rechten Hand fuhr er in den Mantel und griff in die Innentasche. Er zog einen Umschlag heraus. Dieser war etwas zerknittert und leicht verdreckt. Mit schwarzer Tinte stand etwas darauf geschrieben. Der Mann schaute sich um. Er schien die Personen auf dem Gang genau zu mustern. Am Kopierer erspähte er einen jungen Polizisten, der sehr unbeholfen versuchte, einen Stapel Akten zu vervielfältigen. Immer wieder stöhnte dieser, wenn das Gerät nicht so funktionierte, wie er wollte. Dazu fielen ihm immer wieder Blätter aus der Hand auf den Boden, die er daraufhin mit einem unwilligen Laut zurück in den Stapel sortierte.

Der dunkel gekleidete Mann schritt auf den Polizisten zu und tippte ihm von hinten auf die Schulter. Dieser ließ vor Schreck den ganzen Stapel von Papieren auf den Boden fallen. Entnervt drehte er sich um.

»Verdammter Mist, jetzt kann ich noch mal anfangen«. Er beugte sich nach unten und raffte die Papiere zusammen, dabei schaute er nach oben und fragte: »Und was wollen Sie, warum schleichen Sie sich überhaupt so an mich ran?«

Der Mann entschuldigte sich höflich: »Ich bitte vielmals um Verzeihung. Ich wollte Sie nicht erschrecken und schon gar nicht ein derartiges Chaos bei Ihnen verursachen.«

Der junge Mann entspannte sich ein wenig. »Ist schon ok, das Chaos war bereits vorher da. Was kann ich für Sie tun?«

Der Mann hielt dem Polizisten den Umschlag entgegen. »Ich habe hier eine wichtige Nachricht für Ihren

Kommissar Kießling. In diesem Umschlag sind wichtige Informationen enthalten. Ich wäre Ihnen sehr dankbar, wenn Sie ihm den Umschlag überbringen könnten.«

Der Polizist griff nach dem Umschlag und schaute etwas irritiert. »Ok, kein Problem. Aber Sie könnten ihm den Umschlag auch selbst geben. Herr Kießling ist da hinten im Büro.« Dabei zeigte er durch die Scheiben über zwei Räume hinweg in Kießlings Büro.

Der Mann wiegelte ab. »O nein. Es scheint, er hat gerade unglaublich viel zu tun. Da möchte ich nicht stören. Zudem sind in diesem Umschlag wirklich wichtige Informationen, und ich denke, es steht einem jungen Polizisten wie Ihnen gut zu Gesicht, dem Kommissar diese wichtigen Neuigkeiten persönlich zu überbringen.«

Diese Aussage gefiel dem jungen Polizisten. Endlich eine Aufgabe, die über den stupiden Kopierdienst hinausging. Er hielt offensichtlich sensibles Material in der Hand und könnte dieses exklusiv dem Kommissar überbringen. Das würde ihm sicherlich eine besondere Aufmerksamkeit verschaffen.

Er stimmte dem dunkel gekleideten Mann dankbar zu. »Sie haben recht. Ich denke, ich werde es Herrn Kießling gleich persönlich überbringen und die Dringlichkeit betonen.«

Der Mann grinste, nickte und sagte honorierend: »Guter Mann!«

Schnell drehte sich der frisch motivierte Polizist um und schlug die Richtung zu Kießlings Büro ein. Nach einem Meter blieb er stehen, drehte sich noch mal zu dem Mann um und rief: »Warten Sie doch einfach hier.

Wenn der Kommissar noch eine Frage hat, kann ich Sie holen kommen!«

Der dunkle Mann kommentierte dies wortlos, indem er die Hand hob und winkte.

Der Polizist bahnte sich seinen Weg durch die Büros bis zu dem Raum, in dem Kießling und Ella ihren Pflichten nachgingen. Er versuchte, auf sich aufmerksam zu machen.

»Entschuldigung, Herr Kommissar?«, brabbelte er in Richtung Kießling.

Dieser nahm keine Notiz von dem jungen Kollegen, rannte weiter nachdenklich im Zimmer herum, biss auf seinem Kugelschreiber herum und war völlig versunken in seinen Gedanken. Ella bekam ebenfalls nichts mit. Sie quälte sich weiter am Telefon und versuchte vergeblich, mit niederländischen Behörden in einen konstruktiven Austausch zu gelangen.

Der junge Polizist probierte es erneut: »Entschuldigung … Herr Kießling, ich hab hier was für Sie.«

Jetzt hatte der Kommissar mitbekommen, dass noch jemand im Raum war und etwas von ihm wollte.

»Was ist?«, fragte er unsanft.

Der junge Polizist wirkte eingeschüchtert von Kießlings rauem Ton. Mit leicht zittriger Stimme antwortete er: »Ich habe hier eine wichtige Nachricht für Sie.«

Kießling zeigte mit dem Finger auf den Schreibtisch und antwortete: »Legen Sie's da vorn hin.«

Daraufhin begann er wieder zu grübeln. Der junge Polizist stand weiterhin im Raum und hielt den Umschlag in der Hand. Ihm ging durch den Kopf, dass dieser doch wichtige Informationen enthielt und er auserkoren war, diese dem Kommissar zu überbringen. Kießling bemerkte, dass sein junger Kollege immer noch wie eine Salzsäule im Raum stand und an dem Umschlag festhielt.

»Haben Sie was an den Ohren? Legen Sie das, was auch immer es ist, auf den Schreibtisch und gehen Sie dann wieder an den Kopierer.«

Der junge Mann begann zu stottern: »Aber Herr Kommissar, mir wurde der Umschlag mit der expliziten Anweisung übergeben, diesen Ihnen persönlich auszuhändigen. Er enthält wichtige Informationen.«

Jetzt wurde Kießling nachdenklich. Sein berühmtes Bauchgefühl begann zu arbeiten und suggerierte ihm, dass hier etwas im Gange war. Wortlos ging er auf den jungen Mann zu und blickte ihm dabei prüfend ins Gesicht. Ohne hinzusehen, nahm er ihm den Umschlag aus der Hand. Dann trat er einen Schritt zurück und schaute dabei weiterhin den Kollegen an, der durch Kießlings stechenden Blick immer nervöser wurde. Jetzt blickte der Kommissar auf den Umschlag, sah die verschmutzte Oberfläche und drehte ihn um. Dann las er den darauf geschriebenen Text. Er öffnete seine Augen ganz weit, begann zu schlucken. Sein Herz schlug heftig, wie nach einem erhaltenen Stromstoß. Auf dem Umschlag stand in kritzligen Lettern »Serafinas Leiden«.

Kießling riss den Umschlag auf. Ella bemerkte die Anspannung bei ihrem Chef, legte den Telefonhörer weg, in dem wieder einmal die unerträgliche Melodie einer Warteschleife dudelte, und kam um den Schreibtisch herum zu Kießling. Dieser zog aus dem aufgerissenen Umschlag eine Fotografie heraus. Sofort erkannte er die Kinder von Richard van Fraisaen. Sie lagen aneinandergekettet auf einer augenscheinlich alten Matratze in einem Kellerverlies. Die Augen geschlossen und – wie es aus aussah – betäubt. Der Kommissar drehte die Fotografie herum.

Auf der Rückseite stand geschrieben: »Mit ihnen endet das nächste Kapitel des Leidens!«

»Wo haben Sie das her?«, fragte Kießling den Beamten in lautem Ton.

Dieser hatte Selbstvertrauen getankt, als er bemerkte, dass der Inhalt in der Tat wichtig war und er der Überbringer sein durfte.

Mit breiter Brust antwortete er: »Ein dunkel gekleideter älterer Herr hat mir den Umschlag übergeben«. Dann drehte er sich um und zeigte mit dem Finger in Richtung Gang. »Er steht da vorn!«

Synchron richteten sich Ellas und Kießlings Blicke in Richtung des Fingerzeigs.

»Wo, verdammt noch mal?«, fragte Kießling in jetzt sehr bestimmendem Ton.

Der Mann war verschwunden und die Unsicherheit kehrte in den jungen Polizisten zurück. Dieser begann zu stammeln: »Na … na da vorn. Da war er zumindest.«

Kießling warf das Bild auf den Schreibtisch und rannte wie von einer Tarantel gestochen durch die Büroräume auf den Gang. Hektisch blickte er sich um. Ella und der Polizist folgten ihm. Der Kommissar rannte zum Fahrstuhl, drückte hektisch auf den Knopf. Dieser war allerdings im Erdgeschoss und die Türen blieben geschlossen. Er rannte in das nächstgelegene Büro und blickte runter auf den Parkplatz. Mit Adleraugen versuchte er den vom Kollegen beschriebenen Mann auszumachen. Er konnte nichts entdecken. In diesem Moment gingen die Fahrstuhltüren auf. Er packte den jungen Polizisten am Ärmel, schleifte diesen bis zum Fahrstuhl und zog ihn hinein. Er drückte wie besessen auf den Erdgeschossknopf, bis sich die Türen schlossen. Ella hatte sich mittlerweile aufgemacht, andere Kollegen zu aktivieren, um schnellstmöglich eine Fahndung nach dem Mann einzuleiten. Unten angekommen rannte Kießling aus dem Fahrstuhl hinaus und durch das Foyer direkt auf den Parkplatz vor dem Polizeirevier. Dort drehte er sich mehrfach um die eigene Achse und versuchte, den Verdächtigen auszumachen. Der junge Polizist war dem Kommissar gefolgt und schaute sich ebenfalls auf dem Parkplatz um. Nach einigen Minuten resignierte Kießling. Ihm wurde klar, dass der ominöse Mann wohl über alle Berge war. Vorwurfsvoll blickte er seinen jungen Kollegen an. Der realisierte mittlerweile, dass er Mist gebaut hatte, indem er dieses seltsame Treffen nicht hinterfragt hatte.

Kießling war völlig außer Atem. »Sie Spezialist, haben Sie keinen Gedanken daran verschwendet, den Überbringer dieser Nachricht nach seinem Namen«, der Kommissar wurde lauter, »oder irgendwas zu fragen?«

Der junge Polizist war vollends eingeschüchtert und stammelte: »Er sagte doch, es wäre wichtig und ich könnte Ihnen …«

Kießling unterbrach den jungen Mann mit einer genervten Handbewegung und schnauzte ihn an: »Jaja, ich kann's mir schon denken. Gehen Sie wieder rein und warten oben auf mich. In der Zwischenzeit machen Sie sich Gedanken, wie der Kerl ausgesehen hat.«

»Ist in Ordnung«, stammelte dieser und ging zögerlich und geknickt zurück ins Polizeirevier.

Ella stieß in der Zwischenzeit zu ihrem Chef.

»Ich hab' den Mann zur Fahndung ausgeschrieben. Wir checken die gesamte Umgebung um das Revier.«

Kießling schüttelte den Kopf.

»Ach, das kannst du doch vergessen. Wenn dieser Typ so dreist war, ins Revier zu spazieren, um sich die größtmögliche Nebelkerze als Nachrichtenüberbringer auszusuchen, und dann anscheinend wieder seelenruhig verschwunden ist, hat der sicherlich alles gut geplant.«

»Wir checken noch die Videos, vielleicht können wir auf den Bändern mehr erkennen«, sagte Ella und wollte damit einen Funken Hoffnung erhalten.

Kießling war sich aber sicher, dass auch dies nichts bringen würde. Seinem Bauchgefühl und seiner Überzeugung nach handelte es sich hier nicht um Leichtfertigkeit, sondern scharf kalkuliertes Kalkül. Der Entführer und vermeintliche Mörder wollte ihm eine Botschaft senden und hatte dies eindrucksvoll geschafft.

DER KAMPF GEGEN DIE ZEIT

Mit Hochdruck arbeiteten alle daran, den mysteriösen Mann zu identifizieren oder wenigstens Anhaltspunkte über dessen Aussehen zu bekommen. Die Überwachungsvideos vom Revier wurden minutiös gesichtet. Auf keinem der Bilder war der Mann deutlich zu erkennen. Immer wieder verdeckten Kragen oder Hut sein Gesicht. Lediglich auf Größe und Statur konnten Rückschlüsse gezogen werden. Ein Phantomzeichner saß bei dem Beamten, der von dem dunklen Mann als Überbringer der Nachricht auserkoren worden war. Nachdem dieser allerdings in drei Anläufen drei verschiedene Versionen des Gesichtes lieferte, verwarf Kießling auch diese Möglichkeit. Letzter Anhaltspunkt war die Fotografie. Die Hoffnung, darauf DNA-Spuren festzustellen, zog der Kommissar erst gar nicht in Betracht. Die Forensiker führten zwar ihre Untersuchungen durch, doch Kießling versprach sich nichts davon. Er hielt den Unbekannten für zu gerissen, derartige Spuren zu hinterlassen.

Mit jeder Minute, die verstrich, wurde der Kommissar nervöser. Auf der Karte befand sich außer dem bedrohlich anmutenden Satz, dass mit den van Fraisaen Kindern ein weiteres Kapitel geschlossen wird, kein weiterer Anhaltspunkt. Es wurden keine Forderungen gestellt oder gar Hinweise geliefert, wann die Tat vollzogen werden würde. Somit ging Kießling davon aus, dass bereits jetzt in diesem Moment die Uhr unaufhaltsam tickte und das Leben der Sprösslinge des ermordeten Autors auf Messers Schneide stand.

Er rief Ella zu sich. »Ruf Arnold an. Er und Willi sollen sich hinter die Bücher klemmen und alles liefern, was mit einem Geschwister- oder Pärchenmord zu tun hat.«

Ella zögerte keinen Moment, suchte sich eine ruhige Ecke und rief ihren Liebsten an. Dieser ging nach kurzem Läuten an sein Handy. Arnold hörte am Telefon sofort Ellas Anspannung heraus. Sie musste ihm gar nichts erklären, er spürte, dass die Situation bitterernst war und es jetzt um Leben und Tod ging. Trotzdem erläuterte sie ihm ausführlich die Fakten, damit er gänzlich im Bilde war. Während Ella den Sachverhalt schilderte und was auf dem Polizeirevier vorgefallen war, lief es Arnold eiskalt den Rücken runter. Er erinnerte sich an die Vergangenheit, in der sie alle gemeinsam derartige kriminelle Gegenspieler bekämpfen mussten. Aus Erfahrung wusste er um die Unberechenbarkeit dieser ruchlosen Menschen. Seine Motivation stieg dennoch mit jedem Satz, den Ella über den Fall ins Telefon sprach. Die Ängste rückten in den Hintergrund und wurden von dem Ansporn abgelöst, die Kinder des ermordeten Autors zu retten.

Nachdem das Gespräch beendet war, rannte Arnold sofort ins Nachbarhaus zu Willi. Mit diesem und mit den Büchern von van Fraisaen hatte er sich bereits die Nacht zuvor um die Ohren geschlagen. Nach mehreren Stunden hatten die beiden allerdings eine Pause einlegen müssen. Arnold klopfte an die Eingangstür und ein völlig verschlafener Willi öffnete diese.

»Ei Bub, schon wieder auf de' Beine?«, fragte der Rentner schlaftrunken.

Hektisch antwortete Arnold: »Wir müssen weitermachen. Anscheinend gab es eine Entführung und zwei Menschen sind in Lebensgefahr!«

Bei diesen Worten war Willi sofort hellwach. Augenblicklich zog er den jungen Winzer in den Hausflur und warf die Haustür hinter ihm zu. Ohne zu zögern eilten die beiden ins Wohnzimmer und setzten sich wieder an die Bücher von van Fraisaen, um einen Anhaltspunkt zu finden.

Auf dem Polizeirevier stand Kießling mittlerweile hilflos im Raum. Er überlegte, welche Möglichkeiten er noch nicht ausgeschöpft hatte. Wieder mal nahm er das Foto von dem entführten Geschwisterpaar in die Hand und starrte verbissen darauf. Ella gesellte sich zu ihrem Chef und blickte ebenfalls darauf.

Mit druckvollen Worten sagte Kießling: »Warum zum Teufel macht dieser Kerl das? Was will er?«

Ella zuckte mit den Schultern. Sie suchte nach aufbauenden Worten, um Kießling moralische Unterstützung entgegenzubringen. Sie kannte den Kommissar schon viele Jahre und wusste, wie sehr ihm diese Situation an die Substanz ging. Natürlich wollte die Polizistin selbst auch nichts weniger, als den jungen Menschen das Leben zu retten. Bei Kießling war ihr jedoch klar, dass dieser sich diese Situation derart zu eigen machte, als säße er selbst in der Gefangenschaft.

Vor diesem Hintergrund antwortete Ella dem Kommissar: »Quäl dich nicht mit der Frage nach dem ›Warum‹, wann hat ein Verbrecher jemals etwas Rationales gemacht?«

»Das ist mir klar. Ich will seinen Antrieb verstehen. Nur dann haben wir eine Chance, die van Fraisaen Kinder zu retten. Wir müssen hinter die Fassade blicken.«

Ella stimmte Kießling zu. Was trieb diesen Schergen an? Das galt es zu ergründen. Über allem stand aber jetzt für den Moment das Leben der Entführten.

Der Kommissar nahm sich wieder die Fotografie vor. Er dachte an seine eigenen Worte, den Blick hinter die Fassade zu wenden. Somit blendete er auf dem Bild das Geschwisterpaar aus und schaute sich jeden Zentimeter rund um die Entführten an. Ein Stück der Wand in ihrem Verließ war ebenfalls abgebildet. Dieses erregte Kießlings Interesse.

»Ella, schau dir dieses Mauerstück an. Wie sieht das deiner Meinung nach aus?«

Die Polizistin nahm das Bild in die Hand und sah sich konzentriert den Bildausschnitt an.

Sie folgerte: »Es sieht nicht nach Mauerwerk aus, eher wie eine Felswand.«

Der Kommissar nickte und antwortete: »Das denke ich auch. Das ist ein Felsenkeller.«

Ella gab ihrem Kollegen recht, wusste aber noch nicht, wie ihnen diese Information weiterhelfen könnte. In ihrem Umkreis gab es mit Sicherheit Tausende dieser Keller. Das wäre gelinde gesagt die Suche nach der Nadel im Heuhaufen.

Sie fragte nach: »Mag sein, aber was bringt uns diese Information? Wir können doch nicht alle Felsenkeller der Region durchforsten.«

Kießling wurde energisch. »Das ist mir klar, aber überleg doch mal. Felsenkeller kommen vorwiegend im Rheingau vor. Die Leiche von van Fraisaen wurde am Oestricher Kran gefunden. Sie wurde post mortem aufgehängt. Demnach könnte das Opfer auch in diesem Keller umgebracht worden sein.«

Jetzt ging Ella ein Licht auf. Sie fuhr fort: »Stimmt. Das muss doch in der Nähe gewesen sein. Das würde den Raum der Möglichkeiten einschränken.«

Kießling blickte sich hektisch um, suchte nach Dr. Berger. Er erspähte ihn an der Kaffeemaschine.

»Dr. Berger!«, rief er lauthals durch die Gänge. Der Pathologe merkte auf und sah sich nach dem Kommissar um. Dieser winkte hektisch und signalisierte, der Gerichtsmediziner solle sofort zu ihm kommen.

Dr. Berger stieß zu Ella und Kießling. »Was haben Sie, Herr Kommissar?«

Kießling führte aus: »Sie sagten in der Gerichtsmedizin, van Fraisaen sei kurz vor dem Aufhängen umgebracht worden.«

Der Pathologe bestätigte dies mit einem Kopfnicken.

Kießling fuhr fort: »Wie groß war Ihrer Meinung nach die Zeitspanne zwischen dem Mord und dem Aufhängen?«

Dr. Berger wiegte den Kopf hin und her. »Das lässt sich nur schwer sagen.«

»Schätzen Sie so genau wie möglich«, sagte Kießling energisch.

Dr. Berger überlegte und schätzte: »Maximal eine Stunde!«

»Maximal eine Stunde«, wiederholte der Kommissar und folgerte weiter: »Dann muss der Mord irgendwo um Oestrich-Winkel verübt worden sein.«

Kießlings Gedanken waren jetzt klar und für alle nachvollziehbar. Voll konzentriert und mit höchster Motivation schilderte er Ella und Dr. Berger seine Theorie. Van Fraisaen musste in der Gegend um den Oestricher Kran umgebracht worden sein. Der Täter nutzte anscheinend einen Felsenkeller. Dieser konnte aber nicht direkt im Ort liegen. Anwohner hätten sicher mitbekommen, wenn im Keller nebenan ein Mord verübt, geschweige denn eine Leiche rausgeschleppt worden wäre. Dazu kam, dass der Täter aller Wahrscheinlichkeit nach an diesem Ort die Kinder von van Fraisaen gefangen hielt. Zwei betäubte Erwachsene in einen Keller zu verfrachten, in einer kleinen Stadt wie Oestrich-Winkel, würde sicher zu jeder Tages- oder Nachtzeit jemandem auffallen. Zumindest wäre die Gefahr groß, dass ein aufmerksamer Bürger etwas mitbekäme. So wie Kießling den Täter einschätzte, würde dieser das Risiko niemals eingehen. Demzufolge konnte angenommen werden, dass der Keller außerhalb des Ortes lag. Viele Möglichkeiten kamen nicht infrage.

»Wir brauchen jetzt Ortskundige«, rief Kießling und gab weitere Anweisungen.

»Ella, ruf auf der Gemeindeverwaltung an. Bring in Erfahrung, ob in oder um Winkel ein verlassenes Weingut, Bauernhof oder sonstiges existiert«. Dann schaute er zu

Dr. Berger. »Doktor, klemmen Sie sich ans Internet und suchen auf diesen Satellitenkarten, ob Sie was finden, was Ihrer Meinung nach im Umkreis um den Oestricher Kran als Tatort in Frage kommt.«

Nachdem der Kommissar die wichtigen Aufgaben verteilt hatte, griff er zu seinem Mobiltelefon und wollte Arnold anrufen. Dieser kam ihm zuvor. In seiner Hand klingelte das Handy und der Name des Winzers blinkte vom Display.

Der Kommissar nahm ab. »Was für ein Zufall, ich wollte euch gerade anrufen und fragen, ob ihr was gefunden habt.«

Aufgeregt rief Arnold auf der anderen Seite ins Telefon: »Willi hat etwas gefunden. In einem der ersten Bücher von van Fraisaen gibt es einen Pärchenmord.«

Kießling wurde hellhörig und schüttelte fast schon ungläubig den Kopf.

»Das glaub ich jetzt nicht«, resümierte der Polizist und fragte: »Was passiert in dem Buch?«

»Ich geb dir Willi. Er hat die Passage gelesen.«

Arnold reichte sein Handy an den Rentner weiter.

»Gude, Herr Kommissar, mir habe do 'was gefunde'.«

»Das hat mir Arnold schon erzählt. Lass hören«, sagte Kießling platzend vor Neugier.

»Ei, pass uff, der Mörder hat ein Pärche' entführt und hält das in einem Keller gefange'. Der Kerl spielt in dem Buch Spielche' mit der Polizei. Per Bote hat der en Hinweis geschickt und gibt der Polizei nur ein paar Stunde' Zeit, das Pärche' zu finde'.«

Kießling konnte nicht glauben, was er von Willi hörte. In dem Buch stand der Hergang fast exakt in der Form, wie sie ihn heute erlebt hatten. Allerdings hatte ihnen der Mörder keine Frist zum Auffinden der Opfer gegeben. Kießling folgerte, dass dies nicht Teil seines Planes war, sondern es ihm lediglich darum ging, die van Fraisaen Kinder wie in der Buchvorlage ihres Vaters zu ermorden.

Aufgeregt fragte der Kommissar weiter: »Wie werden sie umgebracht?«

Willi wurde ernst. Er ahnte bereits, dass das, was er jetzt sagte, womöglich Realität werden könnte. Er schluckte zuerst, bevor er Kießling den Mord aus dem Buch skizzierte.

Er nahm alle Kraft zusammen und sagte: »Er hat sie im Keller lebend begraben.«

Kießling wurde kreidebleich. Sofort schossen ihm Bilder durch den Kopf, wie der Täter die beiden betäubten jungen Menschen in einem Kellerloch lebendig verscharrte.

Er fasste sich und rief zu Ella und Dr. Berger: »Habt ihr etwas gefunden?«

Ella schüttelte den Kopf. Sie schien niemanden auf der Gemeindeverwaltung zu erreichen. Dr. Berger winkte den Kommissar aufgeregt zu sich. Kießling eilte zu dem Pathologen. Dieser tippte wie wild auf einen Punkt oberhalb der Weinberge von Winkel.

»Schauen Sie, Herr Kießling. Da ist irgendwie ein verlassener Hof.«

»Wo?«, fragte Kießling aufgewühlt.

Der Pathologe zeigte mit dem Finger auf die digitale Karte im Monitor.

»Hier. Ein Stück weiter an Schloss Vollrads vorbei im Wald.«

Der Kommissar schaute genauer. Tatsächlich schien im Wald so etwas wie ein verlassener Hof zu stehen.

»Das könnte etwas sein. Wie kommen wir da hin?«

Dr. Berger versuchte, einen Weg auszumachen, über den dieser Fleck auf der Karte zu erreichen wäre.

Kießlings Mobiltelefon war immer noch eingeschaltet und mit Willi verbunden. Der hatte auf der anderen Seite alles mitbekommen und rief lautstark ins Handy.

»Max … Hey Max … Hört mich jemand?«

Kießling bemerkte, dass Willi noch in der Leitung war und versuchte, auf sich aufmerksam zu machen.

Er wollte sich bedanken und dann so schnell wie möglich einen Einsatz nach Winkel vorbereiten.

»Willi? Du bist noch dran? Vielen Dank für deine Hilfe, du hast uns wieder mal sehr geholfen.«

Daraufhin wollte Kießling auflegen. Willi hingegen brüllte ins Telefon: »Ei, du blöder Ochs', leg' bloß nit uff – ich weiß, wo das is'!«

Kießling zog reflexartig den Finger vom roten Hörersymbol, das das Gespräch beendet hätte. Fast schon ungläubig fragte er ins Telefon: »Du weißt, wo das ist?«

»Jo! So wie das der Doktor beschriebe' hat, is' das en uralte, verlassene Hof, wo mir in de' Siebzigerjahr' schon Partys gefeiert habe!«

Der Kommissar schüttelte den Kopf. Offensichtlich war Willi einmal mehr das rettende Zünglein an der Waage.

Er rief ins Telefon: »Dann macht euch auf den Weg nach Winkel. Wir treffen uns …« Kießling stockte und überlegte sich einen Treffpunkt. Hilflos blickte er Dr. Berger an. Dieser zeigte zielsicher auf einen Punkt auf der Karte.

Der Kommissar nickte und gab Willi Anweisung: »Wir treffen uns vor Schloss Vollrads!«

In Windeseile organisierte er eine Einsatztruppe. Dr. Berger war skeptisch. Gegenüber Kießling äußerte er diskret seine Sorgen, ohne dass die mobilisierten Polizeibeamten etwas mitbekamen.

»Ihnen ist doch klar, dass dies nur eine sehr vage Vermutung ist, dass die van Fraisaen Kinder dort sind?«

Kießling ging nah an Dr. Berger heran und wisperte ihm zu: »Das ist mir egal. Wir haben nur diesen Anhaltspunkt, und wenn das lediglich eine Minichance für das Überleben der jungen Leute darstellt, dann versuchen wir das jetzt!«

Dr. Berger verstand Kießlings Aktionismus. Sei die Chance noch so klein, so war es an ihnen, diese Möglichkeit mit allem, was in ihrer Macht stand, in Betracht zu ziehen.

Aus dem Hintergrund eilte Ella zu Kießling und Dr. Berger. Aufgeregt wedelte sie mit einem Blatt Papier in der Hand.

»Hier, seht euch das an!«, sagte die Polizistin mit klopfendem Herzen.

Kießling nahm das Blatt in die Hand und fragte seine Assistentin: »Was ist das?«

Überschwänglich antwortete Ella: »Das ist ein Auszug vom Grundbuchamt. Für die Recherchen zu Anton Gerber hatte ich dort angefragt, ob es in Winkel und Umgebung Grundstücke oder Gebäude gibt, die auf den Familiennamen laufen. Ich hatte die Antwort noch ungelesen in meinen E-Mails. Jetzt seht euch das an!«

Sie zeigte auf ein eingezeichnetes Flurstück, das auf dem Dokument beschrieben war. Kießling hielt es sofort neben die Karte, die immer noch auf dem Computermonitor schimmerte. Es war dasselbe Grundstück und in der Spalte Eigentümer prangte ein Name: Anton Gerber!

Jetzt gab es für Kießling kein Halten mehr. Wie ein Feldherr sammelte er die Beamten um sich und scheuchte diese zu den Einsatzfahrzeugen. Keine fünf Minuten später rollte der Tross auf direktem Wege in den Rheingau.

Vor Schloss Vollrads warteten bereits Willi und Arnold auf Kießling, um ihn zu unterstützen. Die Kolonne rollte leise an. Der Kommissar hatte auf dem Weg die Anweisung gegeben, Leuchtsignale und Sirenen abzuschalten. Sollten die van Fraisaen Kinder und im besten Fall ihr Peiniger auf dem abgelegenen Hof sein, wollte er das Überraschungsmoment auf seiner Seite haben. Arnold und Willi stiegen geschwind zu Ella und dem Kommissar ins Auto. Dr. Berger war auf dem Revier geblieben. Sie fuhren vorneweg. Kießling gab über Funk an die nachfolgenden Wagen die Anordnung, etwas Abstand zu halten. Wenn der Entführer eventuell eine Polizeikarawane anrollen sah, könnte er sich genötigt fühlen, von seinem ursprünglichen Plan abzurücken und dem Geschwisterpaar spontan etwas anzutun. Egal wie man es drehte und wendete, der Plan barg viele Risiken und unbekannte Faktoren. Doch darauf kam es jetzt nicht an. Sie mussten zwei Menschenleben retten.

Willi dirigierte Kießling immer weiter Richtung Wald. Am Waldrand angekommen zeigte der Rentner auf einen schmalen Weg.

»Do geht's rein«, sagte Willi.

»Wie weit ist es noch von hier?«, fragte der Kommissar.

Willi zog die Schultern hoch und schätzte. »Ich denk', vielleicht zweihundert Meter. Dann taucht der Hof uff 'ner Lichtung auf.«

Kießling bremste und stellte den Wagen am Wegesrand ab. Er gab Willi und Arnold die Anweisung, hier zu warten, und sobald die Kollegen eintreffen, sollten sie sich bereithalten und auf sein Zeichen vorrücken. Er zückte seine Dienstwaffe und ging mit Ella die verbleibenden Meter zu dem Hofgut. Vorsichtig schlichen sie am Rand entlang, immer im Schutz der Bäume. Beide fokussierten sich vollends auf den Hof vor ihnen, versuchten jede mögliche Bewegung einzufangen. Das Adrenalin stand ihnen bis unter den Haaransatz. Das Knacken und Knirschen, das in einem Wald natürlicherweise immer vorkam, löste in den beiden Polizisten nervöse Zuckungen aus. Sobald nur ein Eichhörnchen einen Zweig brechen ließ, schauten sie instinktiv in diese Richtung und machten sich schussbereit.

Am Grundstücksrand angekommen, schlichen sie über den Hof. Dieser bot nicht viel Schutz für eine Deckung, somit bewegten sie sich schnell, aber dennoch leise zum stark verfallenen Gebäude hin. Dort angekommen blickte Kießling vorsichtig durch eine zerbrochene Fensterscheibe. Im Gebäude war nichts zu sehen. Es schien ein Wohnraum mit früherer Küche gewesen zu sein. Die Räumlichkeiten waren sehr klein. Nach hinten raus war noch eine Tür erkennbar.

Der Kommissar winkte Ella, mit dem Zeigefinger an den Lippen, zu sich. Gemeinsam pirschten sie sich zur

Eingangstür. Vorsichtig fasste Kießling die Klinke an und drückte diese herunter. Die Tür war nicht verschlossen. Mit der Waffe voraus schob sich der Polizist langsam in das Innere des Gebäudes. Ella folgte dicht hinter ihm. Sie sah von hinten, wohin Kießlings Blicke gingen. Somit konzentrierte sie sich auf Teile des Raumes, die der Kommissar nicht im Fokus hatte. Es roch vermodert in dem alten Haus. Der Geruch ließ erahnen, dass dieses seit vielen Jahren ungenutzt war und sich schon lange keine Seele mehr um den Erhalt gekümmert hatte.

Die beiden tasteten sich Zentimeter um Zentimeter voran. Kießling steuerte auf die verschlossene Tür am anderen Ende des Raumes zu. Er fasste die Klinke an. Bevor er diese nach unten drückte, vergewisserte er sich mit einem prüfenden Blick, dass auch Ella zu allem bereit war, was ihnen hinter dieser Tür begegnen könnte. Sie war konzentriert und nickte. Mit einem schnellen Ruck drückte Kießling die Klinke nach unten, warf die Tür auf und zielte mit seiner Waffe in den Raum. Ella schob sich neben den Kommissar und deckte mit ihrer Schusswaffe die andere Seite des Raumes ab. Der Raum war leer. In der Ecke stand ein rostiges Bett. Es waren nur noch der Rahmen und das Bettgestell übrig. Die Matratze fehlte. Sofort ging Kießling wieder das Foto von den Geiseln durch den Kopf. Diese lagen auf einer alten Matratze. Der Größe nach könnte diese vorher hier auf dem Bettgestell gelegen haben.

Die beiden zogen sich aus dem Raum wieder zurück. Mehr schien es in dem alten Gebäude nicht zu geben. Das waren die beiden einzigen Räumlichkeiten. Kießling säuselte ein leises »verdammt«. Er drehte sich um und wollte sich wieder in Richtung Ausgang bewegen, da stieß er versehentlich eine alte Porzellanvase um, die unbemerkt auf dem Boden stand. Diese zerbrach beim Umfallen mit einem lauten Klirren. Umgehend im Anschuss hallte ein lauter Schrei durch die morschen Bodenplanken und erschütterte Mark und Bein der beiden Polizisten.

»Hier ist ein Keller drunter!«, folgerte Ella.

Der Kommissar sah sich um. Er sah einen Sessel in der Ecke stehen. Die Kratzer auf dem Boden ließen erahnen, dass dieser mehrfach verrückt worden war. Er eilte auf das Möbelstück zu, warf diesen schwungvoll um und fand eine Bodenluke. Diese war mit einem Vorhängeschloss gesichert. Kießling zog mehrfach heftig am Bügel, doch er konnte das Schloss nicht lösen. Wieder erschallte dieser ohrenbetäubende Schrei. Der Kommissar brüllte der Luke entgegen.

»Alle da unten, Kopf einziehen!«

Dann ging er einen Schritt zurück, zielte mit der Waffe auf das Schloss und schoss. Der erste Schuss war gleich ein Volltreffer. Das Schloss zersprang in mehrere Teile. Kießling riss die Luke auf, zückte eine Taschenlampe und sprang selbstlos in das Loch. Ella sicherte den Eingang, damit sie keine Überraschungen erleben mussten. Der Kommissar rutschte vor lauter Schwung die hölzerne Treppe nach unten. Am Boden angekommen leuchtete er sofort in den Raum. Am Todesstuhl vorbei erblickte er die völlig entkräfteten Kinder von Richard van Fraisaen. Merle hatte die Augen geöffnet und starrte den Kommissar an. Ihre Blicke verrieten Erleichterung und dass eine große Last von ihr abfiel. Ihr Bruder Hendrik lag ohne Bewusstsein neben ihr.

Kießling sagte laut: »Keine Angst, hier ist die Polizei, sind Sie Merle van Fraisaen?«

Die junge Frau nickte, fiel nach hinten um und verlor wieder das Bewusstsein.

Kießling rief zu seiner Assistentin: »Die Kinder sind hier. Ruf sofort die Kollegen und zwei Krankenwagen. Schnell!«

Ella folgte den Anweisungen. Kießling steckte die Waffe ein und eilte zu den beiden jungen Leuten. Je näher er kam, desto deutlicher konnte er eine Chemikalie riechen, die der Entführer wohl dazu benutzte, um die beiden zu betäuben. Ihm selbst wurde richtig schummrig in ihrer Nähe. Draußen rollten indes die Polizeifahrzeuge an und sicherten das Gelände. Wenig später trafen auch die Notärzte ein und versorgten das Geschwisterpaar.

Kießling und Ella machten Platz und überließen den Tatort den Spezialisten. Draußen vor dem Gebäude standen sie dann zusammen mit Willi und Arnold.

Der Rentner sagte: »Der Bösewicht is' wohl über alle Berge?«

Kießling überlegte kurz und antwortete: »Wahrscheinlich. Ich denke, wir sind ihm zuvorgekommen, bevor er mit den Geschwistern seinen Plan umsetzen konnte.«

In diesem Moment kam ein Beamter um die Ecke und bat Kießling, mitzukommen. Ella, Arnold und Willi folgten ihm. Sie gingen ums Haus herum. Hinter dem Gebäude blickten sie auf zwei hölzerne Kisten, die wie Särge anmuteten. Dieser Anblick ließ ihnen das Blut in den Adern gefrieren.

Arnold resümierte: »Dieser Wahnsinnige hatte tatsächlich vor, die beiden lebendig zu begraben.«

Ella und Willi fehlten die Worte. Kießling starrte regungslos auf die Kisten. Nach ein paar Sekunden drehte er sich zu Willi und klopfte dem Rentner anerkennend auf die Schulter.

Dabei sagte er: »Da haben wir angeblich die modernste Polizei der Welt und am Ende können die beiden van Fraisaen Kinder ihr Leben einem romanlesenden Rentner verdanken.«

DAS ENDLOSE PUZZLE

Eine aufwühlende Nacht lag hinter Kommissar Kießling. Die Ereignisse der letzten Tage gingen nicht spurlos an dem Polizisten vorüber. Er hatte einiges erlebt und über sich ergehen lassen müssen. Ständig fragte er sich, was jetzt noch anstand und passieren würde. Am meisten nagte die Nacht an ihm, in der er todesmutig eine Frau aus einem brennenden Gebäude gerettet und dabei selbst fast sein Leben verloren hatte. Auch für einen kernigen Polizisten wie ihn gab es Momente und Erinnerungen, die wie ein scharfes Messer tief ins Fleisch schnitten.

Er hätte diese Nacht lieber zu Hause bei einer guten Flasche Wein und danach dem Sprung ins gemütliche Bett verbringen wollen. Stattdessen saß er nun schon stundenlang im Krankenhaus und wachte über die van Fraisaen Kinder. Zum einen kamen keine Kollegen für den Personenschutz und zum anderen hoffte Kießling, einige Fragen an die jungen Opfer stellen zu können. Laut den Ärzten käme dies jedoch frühestens in den nächsten Tagen infrage. Der körperliche Zustand sei derart schlecht, dass jegliche Belastung durch eine Befragung vorläufig ausgeschlossen wurde. Kießling wurmte die Tatsache, hatte aber Verständnis für die ärztlichen Anordnungen. Er hatte die Kinder des toten Autors gefunden und selbst gesehen, was für ein Martyrium diese durchgemacht haben mussten. Nachdem die Rettungssanitäter sie aus dem Loch geholt hatten, war es erstmals im Licht möglich, den beiden ins Gesicht zu blicken. Jegliche Farbe war daraus gewichen und sie waren gezeichnet von psychischem Druck und körperlicher Pein. Dazu kam das ständige Betäuben durch heftige Chemikalien. Unter diesen Umständen war keine vorzeitige Vernehmung möglich. Somit war Kießling wieder auf eigene Recherchen angewiesen.

Nachdem endlich in der Nacht Beamte zur Ablösung ins Krankenhaus kamen, fuhr der Kommissar direkt auf das Polizeirevier. Es war noch dunkel und außer ein paar Beamten, die für die nächtliche Schicht eingeteilt waren, befand sich kaum eine Menschenseele auf dem Revier. Lange allein war Kießling allerdings nicht. Ella und Dr. Berger trafen kurz nacheinander ebenfalls in der Früh zum vorzeitigen Dienst ein. Ella wäre gestern gern bei Kießling geblieben und hätte ihm im Krankenhaus Unterstützung gegeben, doch der Kommissar hatte darauf bestanden, dass sie und Dr. Berger nach Hause fuhren, um sich auszuruhen.

Ella sah direkt, nachdem sie aus dem Fahrstuhl stieg, dass Kießling an seinem Schreibtisch vor sich hin brütete. Auf dem Weg zu ihrem Chef zog sie am Kaffeeautomat einen starken, schwarzen Wachmacher.

Sie kam ins Büro und stellte Kießling den Becher vor die Nase. Dieser hatte schlaftrunken nicht bemerkt, dass Ella das Zimmer betrat.

»Guten Morgen, hier einmal zum Wachwerden!«

Etwas neben sich blickte Kießling auf. »Oh, Morsche! Bis du auch schon wieder da.« Dann schaute er auf den dampfenden Becher und sagte: »Genau das brauch ich jetzt!«

»Dachte ich mir! Du warst natürlich nicht zu Hause und hast ein paar Stunden Schlaf nachgeholt?«

Der Kommissar schüttelte den Kopf und antwortete: »Nö. Aber ich hätte eh nicht pennen können. Mein Kopfkino läuft auf Hochtouren. Das kann ich auch hier auf dem Revier rattern lassen. Dann sitze ich nämlich auch gleich an der Quelle, wenn ich was nachgucken will.«

Auf dem Flur ging wieder die Fahrstuhltür auf und Dr. Berger trat in den Gang. Wie erwartet sah er wie frisch aus dem Ei gepellt aus.

Kießling grinste und feixte: »Guck da, unser Dr. Berger, hat wahrscheinlich die Nacht in einem Wellnesshotel verbracht.«

Ella lachte und stimmte mit ein: »Oder er hat die ganze Nacht in seiner riesigen Badewanne gesessen.«

Die beiden grinsten vor sich hin, als der Pathologe das Büro betrat. Der hatte direkt einen Riecher, worüber sich seine beiden Kollegen amüsierten.

»Guten Morgen, die Dame und der Herr. Bevor ich mir wieder Schmähungen um meine Person anhören muss, ja, ich habe gestern zu Hause ein Bad zur Tiefenentspannung genommen und davor noch dreißig Minuten Sauna genossen. Irgendwo muss die Anspannung schließlich hin«. Dann richtete er sein Wort direkt an Kießling. »Und nicht wie Sie, werter Kommissar, Erholung im Angesicht des Schreibtischs.«

Diese kleine Stichelei lockerte die Runde etwas auf und brachte die drei kurzfristig auf andere Gedanken.

»Sind Arnold und Willi gestern gut zu Hause angekommen? Hast doch sicher mit deinem Liebsten gestern noch gechattet.«

Ella lächelte verschmitzt und antwortete: »Ja, sind gut angekommen. Ich hatte gegen zehn Uhr angerufen. Da saßen beide noch zusammen und waren leicht beschwipst. Zur Feier der Geiselrettung hatte Willi wohl ein paar Feinheiten aus seinem Weinkeller rausgeholt.«

Kießling brummelte: »Dieses Programm hätte ich mir eher vorstellen können, als in einem Krankenhaus zu sitzen. Aber ist halt so. Haben uns den Job ausgesucht. Zurück zum Geschäft!«

Der Kommissar stand auf und ging an das große Whiteboard an der Wand. Er nahm einen Stift zur Hand und begann zu skizzieren.

Er zeichnete alle Fakten ein, die sie bis dato zu dem Fall hatten, und verband diese mit Linien, um die Zusammenhänge zu verdeutlichen. Über allem stand Anton Gerber. Er arbeitete für den ermordeten Autor Richard van Fraisaen und entführte mutmaßlich auch dessen Kinder. Diese wurden auf einem Hofgut gefunden, das auf seinen Namen lief. Bei den Taten hielt er sich als vermeintlicher Täter an die Buchvorlagen seines Arbeitgebers. War dies ein Zufall oder hatte das einen tieferen Hintergrund? Dann der Brand in Winkel. Gerber wurde damals als Verdächtiger in mehreren Brandfällen gehandelt, jedoch in der jüngeren Vergangenheit nicht weiterverfolgt. Im Gegenteil. In den Neunzigerjahren kam er unbehelligt nach Winkel und warb für die Bücher seines Arbeitgebers. Wieso kam es jetzt zu diesen Ereignissen? Wurde das alles durch den Fund von Serafinas menschlichen Überresten ausgelöst? Kießlings Kopf qualmte sichtlich und sein Bauch rumorte. Er hatte dieses dringliche Gefühl, dass es nur eines kleinen Puzzleteilchens bedurfte, um dem Ganzen einen echten Sinn zu geben. Der Kommissar ging zurück zu seinem Schreibtisch und sank entkräftet auf seinen Stuhl.

Ella und Dr. Berger hatten nichts weiter zu sagen. Sie blickten auf das Board und versuchten beide, das fehlende Teil zu ergründen.

Das Klingeln des Telefons unterbrach das kollektive Grübeln. Kießling schaute genervt auf den Apparat.

»Willst du nicht rangehen?«, fragte Ella.

Von Erschöpfung gezeichnet wiegelte der Kommissar ab. »Nein, wer außer Staatsanwalt Koch könnte das um diese unchristliche Zeit sein? Den kann ich jetzt ganz und gar nicht gebrauchen.«

Das konnte Ella nachvollziehen, widersprach aber ihrem Chef. »Ach, komm schon. Gestern, die Befreiung der Geiseln, das war doch ein großer Erfolg. Vielleicht gibt es ja mal ein Lob?«

Dabei lächelte die Polizistin charmant und aufbauend. Kießling ließ sich erweichen und nahm den Hörer ab.

»Kießling – hallo!«

Auf der anderen Seite der Leitung begann jemand mit einer tiefen, dunklen Stimme zu sprechen: »Guten Morgen, Herr Kommissar. Meine Glückwünsche zu Ihrer Rettungsaktion, ich bin tief beeindruckt.«

Kießling schaute verwirrt drein. Es war nicht die Stimme von Staatsanwalt Koch. Er fragte: »Danke für die Blumen, aber mit wem spreche ich bitte?«

»Nur mit einem Bewunderer Ihrer großen Ermittlungskunst, und ich möchte mich bei dieser Gelegenheit auch gleich entschuldigen.«

Kießling war kurz davor, aufzulegen. Offensichtlich hatte hier wieder ein windiger Pressevertreter oder sonstiger Polizeigroupie seine Nummer ergattert. Dennoch fragte er nach.

»Entschuldigen? Wofür?«

Der Anrufer sprach weiter: »Dass ich Sie gestern nicht persönlich begrüßen konnte, als Sie die beiden van Fraisaen Kinder aus meinem Keller geholt und so meine mühevoll erdachten Pläne für die beiden zunichtemachten.«

Kießling riss die Augen auf, setzte sich gerade hin und schaute mit einem ungläubigen Blick zu seiner Assistentin und dem Pathologen. Ella und Dr. Berger erschraken, spürten, dass hier etwas Ernstes im Gange war. Der Kommissar gestikulierte wie wild mit seinem freien Arm. Er signalisierte Ella, den Anruf zurückverfolgen zu lassen.

Die Polizistin deutete umgehend die Signale ihres Chefs. Sie rannte ins Nebenbüro, versuchte Kollegen aus der Technik zu erreichen. Ein diensthabender Beamter ging ran und machte sich sofort an die Arbeit, den Ursprung des Anrufs zu identifizieren. Ella mobilisierte zudem eine Einsatztruppe, um gegebenenfalls Beamte an den Ursprungsort des Anrufs zu entsenden.

Kießling konzentrierte sich indes auf das Gespräch und überlegte sich währenddessen eine Taktik, wie er den Anrufer möglichst lange in der Leitung halten könnte.

Er antwortete dem vermeintlichen Verbrecher: »Oh, das war nicht schwer. Sie haben es uns relativ leicht gemacht, die Kinder des Autors aufzuspüren.«

Der Kommissar wollte bewusst eine Provokation in seine Aussage verpacken, um sein Gegenüber aus der Reserve zu locken.

Dieser ging aber nicht darauf ein, lachte ins Telefon und sagte: »Herr Kommissar, ich bitte Sie, schmälern Sie Ihre Leistung nicht. Das war schon verdammt gute Polizeiarbeit. Ich muss sagen, ich bin gespannt, ob Sie das Kunststück wiederholen können.«

Kießling zögerte einen Moment und fragte nach: »Wiederholen? Haben Sie etwa noch mehr Geiseln, von denen wir nichts wissen?«

»Sehen Sie, anscheinend bin ich Ihnen doch ein paar Schritte mehr voraus, als Sie denken.«

Kießling überlegte, wie er den Mann noch länger in der Leitung halten könnte. Er hielt das Mikrofon des Hörers zu und rief leise zu Ella: »Habt ihr schon was?«

Ella kreiste mit der rechten Hand und gab Kießling zu verstehen, das Gespräch weiter in die Länge zu ziehen. Dieser gab sein Bestes.

»Hören Sie, sind wir alle jetzt mal ganz vernünftig. Sie sagen mir, was Sie eigentlich mit der ganzen Farce bezwecken, und ich sage Ihnen, wie wir dann die Kuh vom Eis bekommen.«

Der Mann am anderen Ende lachte. »Das ist nett gesagt, Herr Kommissar. Üben Sie sich in Geduld, schon bald werden Sie die Wahrheit erfahren, über alle, die sich hier schuldig gemacht haben.«

Der Kommissar wurde ernst. »Schuldig? Wer hat sich womit schuldig gemacht? Ich kann Ihnen garantieren, egal was damals mit Serafina, den Bränden oder sonst etwas passierte, wir bekommen es raus und die Schuldigen werden zur Rechenschaft gezogen – aber von uns!«

Sein Gegenüber senkte seine Stimme weiter. Würde man diese Tonlage einer Farbe zuordnen, wäre diese jetzt tiefschwarz.

»Zur Rechenschaft gezogen? All die Jahre musste sich niemand für Geschehenes verantworten. Das ist jetzt vorbei. Was Sie als Gerechtigkeit empfinden, hatte seine Chance. Jetzt bin ich an der Reihe!«

Daraufhin knackte die Leitung des Telefons und der Mann legte auf. Sofort schaute Kießling zu Ella und rief zu ihr rüber: »Habt ihr den Anrufer verfolgen können?«

Ella schüttelte den Kopf und antwortete: »Wir konnten nur eine Funkzelle im Rheingau ausmachen, über die der Anruf kam. Um weiter einzugrenzen, fehlte die Zeit.«

Verärgert knallte Kießling den Hörer auf das Telefon. Seine Erschöpfung war komplett verflogen, ein neuer Enthusiasmus in ihm geweckt.

»Der Typ will mich rausfordern«, rief er in die Runde.

»Wie kommen Sie darauf?«, fragte Dr. Berger nach.

»Erst mal ist der angepisst, weil wir ihm gestern die Tour vermasselt haben. Jetzt pocht er auf ein höchstes Maß an Aufmerksamkeit. Das kann er bekommen!«

DER LETZTE STROHHALM

Der Kommissar war wild entschlossen, dem Ganzen ein Ende zu bereiten. Diese weitere Dreistigkeit seines Widersachers, ihn im Polizeirevier anzurufen, motivierte den Gesetzeshüter bis in die letzte Haarspitze. Er schickte Dr. Berger wieder in die Pathologie. Er wies ihn an, ein weiteres Mal die Leichen zu begutachten und sich mit der Forensik in Verbindung zu setzen. Der kleinste Hinweis könnte entscheidend sein, egal wie absurd dieser im ersten Moment erschien. Für sich und Ella plante er, in den Rheingau zu fahren. Er wollte noch mal den Buchhändler Georg Tessler konsultieren. Bei ihrem letzten Besuch war der Buchhändler vom Tod des Autors van Fraisaen derart erschüttert gewesen, dass er keinen klaren Gedanken mehr zustande gebracht hatte. Kießling hoffte, dass er sich inzwischen wieder fangen konnte und vielleicht weiteres Hintergrundwissen für sie parat hatte. Eine vage Hoffnung, aber das war dem Kommissar egal. Er würde keine Ruhe mehr geben, bis er den Verbrecher überführen konnte.

Auf der Fahrt in den Rheingau kamen sie am Grauen Haus vorbei. Dem Ort, an welchem Serafinas menschliche Überreste gefunden wurden. Im Vorbeifahren überkam Kießling wieder sein bekanntes Bauchgefühl.

Er sagte zu Ella: »Irgendwas liegt da im Argen. Ich kann's einfach noch nicht greifen.«

»Was meinst du?«, hinterfragte seine Kollegin.

»Keine Ahnung. Jedes Mal, wenn ich hier vorbeifahre oder nur an diese Fundstelle denke, kriege ich fast schon Bauchschmerzen. Irgendwas ist da, was wir noch nicht erkannt haben.«

Ella wusste um das berühmte Bauchgefühl und die sensiblen Antennen ihres Chefs. Häufig waren diese Eigenschaften ausschlaggebend für eine entscheidende Wendung in ihren Fällen. Somit vertraute sie darauf, dass sie, mit Hilfe von Kießlings einzigartiger Intuition, irgendwann auf das vermisste Puzzleteil stoßen würden.

Am Buchladen angekommen fiel ihnen sofort der Inhaber Georg Tessler ins Auge, der gerade dabei war, sein Schaufenster neu zu sortieren. Kießling ging an die Scheibe heran und klopfte vorsichtig. Tessler zuckte zusammen und blickte überrascht auf den Kommissar. Er hob die Hand und winkte Kießling mit seiner Assistentin in den Laden. Die beiden Polizisten betraten die Buchhandlung. Tessler quetschte sich durch eine kleine Tür aus dem Schaufensterbereich zurück in seinen Laden. Dabei balancierte er vorsichtig einen Stapel aussortierter Bücher.

»Dekorieren Sie um?«, fragte der Kommissar.

Tessler entgegnete: »Ich sortiere oft mein Schaufenster neu. Meine Kunden erwarten von mir regelmäßig neue Empfehlungen.«

»Und was gibt es diese Woche?«, interessierte sich Ella.

Tessler druckste etwas herum. Die Antwort schien ihm unangenehm.

Er antwortete: »Na ja, es ist vielleicht etwas unangebracht, aber ich habe diese Woche die Bücher von Richard van Fraisaen ausgestellt.«

Kießling meinte süffisant: »Kann ich verstehen. Häufig steigt die Kunst im Wert, wenn der Künstler das Zeitliche gesegnet hat.«

Tessler versuchte, sich zu erklären: »So ist das nicht. Ich wollte damit eher meine Wertschätzung für den Autor und seine Werke ausdrücken.«

»Wie auch immer«, sagte Kießling und kam zum Grund ihres Besuches. »Wenn wir schon bei van Fraisaen sind: Letztes Mal waren Sie ziemlich schockiert von dessen Ableben und wir konnten uns gar nicht weiter austauschen. Vielleicht können Sie uns doch noch etwas mehr Hintergrundwissen zu dem Autor geben.«

»Ich kann es versuchen, was möchten Sie wissen?«

»Ab wann führen Sie die Bücher des Autors?«

Tessler überlegte und antwortete: »Schon einige Jahre. Irgendwann kam ein Mitarbeiter von ihm vorbei und pries die Bücher an. Das war so Mitte der Neunzigerjahre.«

Kießling wurde hellhörig. »Das ist ja interessant. Erzählen Sie uns bitte mehr über diesen Mitarbeiter.«

»Nun, ich kann mich nur noch dunkel erinnern. Er sagte, er habe früher hier in Winkel gewohnt und stellte viele Fragen. Insbesondere zum alten Weingut Wolf.«

Ella brachte sich ein. »Sie meinen das Weingut, das der Familie der damaligen Weinkönigin Serafina gehörte?«

»Genau dieses. Ich wusste nur, dass die Familie Wolf das Weingut verkauft und aus dem Rheingau weggezogen war.«

Kießling nickte und kritzelte die Informationen von Tessler auf einen kleinen Notizblock.

»Können Sie sich an noch mehr erinnern oder an irgendwelche Details zu van Fraisaen – egal, wie unwichtig Ihnen diese erscheinen?«

Tessler ging in sich und dachte nach. Nach einigen Sekunden sagte er kopfschüttelnd: »Nein, mehr weiss ich nicht«. Er machte eine kurze Pause und fügte an: »Mehr konnte ich auch Herrn Wolf nicht berichten.«

Kießling und Ella blickten auf und schauten den Buchhändler ungläubig an. Bei der Polizistin fiel die Kinnlade runter und sie war sprachlos.

Kießling stotterte: »Wolf? Welcher Wolf?« Der Kommissar hatte eine Vorahnung davon, was jetzt kommen würde.

Tessler antwortete: »Hartmut Wolf! Der Vater der Weinkönigin Serafina.«

Kießling fiel vom Glauben ab. Das war eine Neuigkeit, die er nicht erwartet hatte. Serafinas Vater war in Winkel und hatte diesen Buchladen aufgesucht.

Der Kommissar fragte energisch nach: »Das ist eine verdammt wichtige Information. Warum rücken Sie damit erst jetzt raus.«

Tessler war sichtlich verunsichert. »Ich glaubte, Sie wüssten, dass Herr Wolf in der Stadt ist. Schließlich wurden die sterblichen Überreste seiner Tochter gefunden.«

Diesen Fakt hätte Kießling in der Tat gern im Vorfeld gewusst. Die Option, nach Serafinas Eltern zu recherchieren, hatte er sträflicherweise nicht in Betracht gezogen. Er war davon ausgegangen, dass diese weg und wahrscheinlich schon tot waren. Hier zeigte es sich dem Kommissar wieder, dass man keine Möglichkeit außer Acht lassen durfte.

Er wandte sich wieder an den Buchhändler.

»Wie kommt es, dass Herr Wolf gerade zu Ihnen kam?«

»Das kann ich Ihnen nicht sagen. Er fragte mich ebenfalls nach Richard van Fraisaen aus. Ich habe auch keine Ahnung, warum die Leute deshalb zu mir kommen. Nur weil ich der Buchhändler vor Ort bin, muss ich doch nicht zwangsläufig über die Schicksale der Autoren informiert sein.«

Kießling nahm Tesslers Aussage hin und fragte: »Wissen Sie, wo sich Hartmut Wolf aufhält?«

»Er erwähnte, dass er im Schloss Reinhartshausen ein Zimmer bezogen habe.«

Ella kommentierte: »Nicht schlecht, das feinste Haus am Platze.«

In sarkastischem Ton verabschiedete sich Kießling von Buchhändler Tessler: »Danke für Ihre Hilfe. Wenn das nächste Mal Angehörige von Leuten zu Ihnen kommen, deren menschlichen Überreste wir gefunden haben, rufen Sie uns bitte direkt an.«

Tessler nahm diese Spitze von Kießling wortlos hin. Höflich nickte er und widmete sich wieder seinen Büchern. Kießling und Ella verließen im Eiltempo den Buchladen. Auf dem Weg zum Auto brüskierte sich Kießling noch mal über den Buchhändler und dessen lapidaren Umgang mit wichtigen Informationen. Ella relativierte Kießlings Ärger. Sie gab ihm zu verstehen, dass man von niemanden erwarten kann, wie ein Kriminalermittler zu denken. Letzten Endes war es dem Kommissar egal. Ihn trieb jetzt nur der Gedanke an, dass mit Hartmut Wolf eine potentiell wichtige Informationsquelle auf ihn wartete.

DER ALTE WOLF

Die beiden Polizisten fuhren mit ihrem Dienstwagen einige Kilometer zurück Richtung Wiesbaden. Am westlichen Ortsrand der Stadt Erbach bogen sie von der Bundesstraße ab und sahen bereits aus der Ferne das prunkvolle Hotel Schloss Reinhartshausen.

»Dem Herrn Wolf scheint es wohl nicht schlecht zu gehen, wenn er sich hier ein Zimmer leisten kann«, meinte Ella.

Kießling antwortete: »Der Mann reist auf jeden Fall mit Stil!«

Am Hotel angekommen stellte der Kommissar den Wagen auf dem Parkplatz ab. Sie stiegen aus und gingen auf den Eingang zu. Je näher sie der Tür kamen, desto nachdenklicher wurde Kießling. Auf der einen Seite konnte er nachvollziehen, warum Hartmut Wolf nach so vielen Jahren in den Rheingau zurückkehrte. Schließlich waren die sterblichen Überreste seiner Tochter gefunden worden. Auf der anderen Seite war ihm alles suspekt. Wieso erkundigte sich Wolf nach dem toten Autor? Aus welchem Grund meldete er sich nicht bei der Polizei? Schließlich lagen die Knochen seines Kindes in der Gerichtsmedizin.

Es wäre naheliegend, bei den Behörden aufzukreuzen, um die näheren Umstände des Fundes zu erfragen, nachdem die guten Eltern es der Polizei schon unmöglich gemacht hatten, sie ausfindig zu machen. Kießling wunderte sich bei diesem skurrilen Fall allerdings über nichts mehr. Auf jeden Fall war es äußerst wichtig, dass er von der Anwesenheit von Serafinas Vater erfahren hatte. Eventuell müsste sogar über Schutzmaßnahmen nachgedacht werden. Es lief schließlich ein Mörder frei herum, dessen wirren Gedankengänge noch nicht ergründet waren.

Ella und Kießling betraten das Foyer. Es war alles sehr prunkvoll. Der Kommissar fühlte sich sichtlich überfordert mit dem gehobenen Stand des Hotels. Er favorisierte definitiv die einfache Straußwirtschaft oder Kneipe. Häuser, in denen einem andere Menschen die Koffer trugen, waren nicht seine Welt.

An der Rezeption stand eine kleine Schlange von anreisenden Gästen. Kießling kümmerte dies nicht wirklich und ging mit Ella im Schlepptau an den wartenden Herrschaften vorbei. Diese brüskierten sich über den dreisten vermeintlichen Gast, der sich vordrängeln wollte. Vorn angekommen, schob er sich zwischen einen wartenden Gast und den Rezeptionisten.

»Was erlauben Sie sich?«, fragte der Hotelgast.

Kießling drehte sich um, zückte seinen Dienstausweis und antwortete: »Polizeieinsatz. Wenn ich Sie bitten dürfte, sich drüben anzustellen. Wir benötigen hier Diskretion. Danke sehr.«

Ein Herr im teuren Anzug reagierte mit Unverständnis und drohte in Richtung Kießling: »Das ist ja eine Unverschämtheit. Stellen Sie sich hinten an oder ich werde mich bei Ihrem Vorgesetzten über Sie beschweren. Ich kenne den Polizeipräsidenten.«

Ella verzog das Gesicht. Sie wusste sehr wohl, dass der Herr bei ihrem Chef den richtigen Knopf gedrückt hatte. Der Kommissar konnte es in keiner Weise leiden, wenn man sich seinen Anordnungen widersetzte, geschweige denn Widerworte gab.

Die meisten Gäste in der Warteschlange waren der Aufforderung Kießlings bereits gefolgt und stellten sich bei einem anderen Hotelmitarbeiter an.

Der Kommissar ging auf den Herrn zu und fauchte ihn an: »Ich wiederhole mich ungern. Schnappen Sie sich Ihren Krokodillederkoffer, Ihre Frau mit dem Chinchilla-Umhang und verschwinden Sie aus meinem Blickfeld.«

Eingeschüchtert wandte sich der Herr ab, nahm seine Frau am Arm und suchte das Weite. Kießling schaute ihm nach und setzte noch einen drauf: »Grüßen Sie den Polizeipräsidenten von mir! Wenn er mich feuert, hätte ich gern meine Überstunden ausbezahlt. Das wär dann sicher der gesamte Haushaltsetat der Stadt Wiesbaden!«

Ella grinste und murmelte zu Kießling: »Den konntest du dir nicht verkneifen, oder?«

Kießling zog mit breiter Brust die Nase hoch und erwiderte: »So was kann ich gar nicht leiden. Aufgeblasene Möchtegerntypen, die sich für was Besseres halten.«

Er ging an den Schalter zurück, wo ein peinlich berührter Rezeptionist die Szene wortlos beobachtete. Kießling zückte wieder seinen Dienstausweis.

»Guten Tag. Kießling und Nilsson von der Mordkommission. Wir möchten zu Hartmut Wolf!«

Der Hotelmitarbeiter tippte auf die Tastatur seines Computers und schaute konzentriert in den Monitor. Für Kießling dauerte dies eine gefühlte Ewigkeit. Nervös trommelte er mit den Fingern auf der Empfangstheke herum. Der Rezeptionist hörte auf zu tippen und blickte sekundenlang in den Monitor.

Kießling hatte genug. In ernstem Ton fragte er: »Was ist nun? Wohnt Hartmut Wolf hier oder nicht?«

Der Mitarbeiter druckste herum. »Nun ja, ich kann Ihnen darüber keine Auskunft geben.«

»Wie bitte?«, fragte Kießling sichtlich entnervt.

Eingeschüchtert antwortete der Hotelbedienstete: »Bitte verstehen Sie, wir bieten unseren Gästen ein höchstes Maß an Service und Diskretion. Hier haben wir den Fall, dass der Gast ausdrücklich um Letzteres gebeten hat.«

Kießling schob seinen Oberkörper über die Theke und winkte den Rezeptionisten näher zu sich heran. Dieser folgte zögerlich. Der Kommissar zog wieder seinen Ausweis hervor und hielt diesen dem Mitarbeiter direkt vor die Augen. Dabei unterstrich der Polizist mit dem Finger die Bezeichnung Mordkommission.

Provozierend fragte er den Mann: »Können Sie das hier lesen? Was steht da?«

Der Mitarbeiter las eingeschüchtert vom Ausweis ab: »Mordkommission.«

Kießling nickte mit dem Kopf und sagte fordernd: »Genau! Jetzt stehen hier zwei Beamte von besagter Behörde und wollen einen Gast aufsuchen. Meinen Sie nicht, es wäre angebracht, dass Sie Ihren Allerwertesten bewegen und uns sagen, auf welchem Zimmer besagter Herr residiert?«

Der Rezeptionist war mit der Situation sichtlich überfordert, bat darum, den Hoteldirektor hinzuzuziehen, um sich damit aus der Affäre zu stehlen. Kießling ließ ihn nicht von der Angel. Kurzerhand griff er nach dem Monitor auf der anderen Seite der Theke, drehte diesen in seine Richtung und las eigenmächtig die Zimmernummer von Hartmut Wolf vom Bildschirm ab. Der Hotelmitarbeiter brachte dem nichts entgegen.

Nachdem der Kommissar die Zimmernummer in Erfahrung gebracht hatte, lächelte er zufrieden und bemerkte: »Sehen Sie, war gar nicht schlimm – und Sie haben auch nichts gesagt. Also hinsetzen und weitermachen.«

Dabei drehte Kießling den Monitor wieder zurück, wandte sich um und ging Richtung Fahrstuhl. Ella folgte ihrem Chef.

Auf dem Weg zum Lift sagte Ella: »Dass du immer so gemein sein musst.«

Kießling verteidigte sein Handeln. »Ach was. Die Leute sollen einfach mal ihr Hirn einschalten. Da kommen zwei Beamte von der Mordkommission und suchen nach jemandem. Denken die, wir kommen aus Spaß zum Kaffeeklatsch?«

Ella gab ihrem Chef recht. Ständig erlebten sie dieses »Rumgeeiere«, wie es Kießling gern nannte. Im schlimmsten Fall stahl ihnen dieses wertvolle Zeit, die sie mit der Aufklärung des Falles wesentlich sinnvoller verbringen konnten.

Am Fahrstuhl angekommen drückte der Kommissar auf den Rufknopf. Es öffnete sich die Kabine und darin befand sich ein Liftboy.

Höflich fragte er: »Welches Stockwerk, die Herrschaften?«

Der Kommissar drehte sich zu Ella und sagte: »Siehst du, so muss das sein.« Daraufhin wandte er sich dem jungen Mann zu, der den Lift bediente und sagte: »3. Stock!«

»Sehr gern! Darf ich bitte Ihre Zimmerkarte sehen?«

Ella ballte spontan ihre Hand zu einer Faust, nahm sie vor ihren Mund und kicherte in diese hinein.

Kießling begann wieder vor Ärger zu schäumen. Er zückte seinen Dienstausweis, hielt diesen dem Liftboy fordernd unter die Nase und wiederholte: »3. Stock, und hier ist meine offizielle Zimmerkarte!«

Eingeschüchtert nickte der junge Mann, bat Ella mit ihrem Chef in die Kabine und fuhr die beiden in die angesagte Etage. Auf dem Stockwerk angekommen suchten die beiden Polizisten das Zimmer von Hartmut Wolf. Nummer 312 war schnell gefunden. Kießling klopfte an die Tür. Nach wenigen Sekunden öffnete sich die Tür und ein älterer Herr in einem sichtlich teuren Nadelstreifenanzug stand im Türrahmen.

»Ja, bitte?«, fragte der Herr.

»Kießling und Nilsson von der Mordkommission Wiesbaden. Sind Sie Hartmut Wolf?«

Der Mann nickte und antwortete: »Das ist richtig. Kommen Sie herein, ich habe bereits mit Ihnen gerechnet.«

Kießling und Ella betraten das Zimmer. Dieses war sehr groß und ähnelte mehr einer Suite. Der Kommissar schaute sich um. Alles wirkte sehr aufgeräumt. Persönliche Gegenstände von Hartmut Wolf waren im ersten Augenschein nicht zu sehen.

»Sehr schönes Zimmer«, bemerkte Kießling. »Sicherlich nicht das billigste im Haus.«

Herr Wolf wies mit einer höflichen Armbewegung die Beamten an, Platz zu nehmen. Während sie sich auf das Sofa platzierten und Herr Wolf in den beistehenden Sessel, antwortete dieser: »Auch wenn der Anlass meines Besuches im Rheingau einen sehr traurigen Hintergrund hat, sehe ich nicht die Notwendigkeit, auf gewisse Annehmlichkeiten zu verzichten.«

Kießling registrierte die Antwort kommentarlos. Er nahm sich einen Moment und musterte Hartmut Wolf. Der Kommissar war beeindruckt vom rüstigen Zustand des Mannes. Schließlich hatte Wolf das Alter von neunzig Jahren passiert, wirkte aber eher wie Anfang oder Mitte achtzig. Nach einigen Sekunden des Schweigens begann der Polizist mit seiner Befragung. Insbesondere interessierte ihn die Vorgeschichte zu all dem Vorgefallenen. Hartmut Wolf gab bereitwillig Auskunft. Er setzte früh an, kurz nach dem Verschwinden seiner Tochter. Er bestritt keineswegs, dass er diese womöglich sehr unter Druck gesetzt hatte mit seinen Vorstellungen über ihre Zukunft. Im Gegenteil, er beharrte weiterhin darauf, dass seine Pläne für Serafina die einzig richtigen gewesen waren. Die vorgesehene Heirat Serafinas mit einem Erben eines anderen großen Weingutes hätte ihren Stand auf ein völlig neues Niveau gehoben.

Ella war anzusehen, dass sie die Ausführungen Hartmut Wolfs regelrecht schockierten. Sie konnte nicht glauben, dass ein Vater seiner Tochter eine derartige Bürde auferlegte. Die Polizistin hakte ein.

»Entschuldigen Sie bitte, wenn ich Sie unterbreche, aber hat Ihnen das Glück Ihrer Tochter überhaupt nicht am Herzen gelegen?«

Wolf nahm den Einwand überhaupt nicht ernst. Belehrend antwortete er der Polizistin: »Was ist denn Glück aus Ihrer Sicht, Frau Nilsson? Definieren Sie es so, dass Ihre Tochter mit einem Taugenichts ihr Leben wegwirft, weil ihr danach ist? Oder dass ihr Vater dafür sorgt, dass sie ein Leben als Teil der gesellschaftlichen Elite führen kann? Was würden Sie für Ihre Kinder wollen?«

Von den Worten provoziert antwortete Ella: »Ich habe keine Kinder.«

»Dann maßen Sie sich nicht an, mir einen Vortrag über das Glück privilegierter Kinder zu halten!«

Kießling unterbrach den Disput zwischen Wolf und Ella.

»Ok, in Ordnung. Vergessen wir die Wertevorstellung einer nachhaltigen Kindeserziehung. Kommen wir zum Thema zurück. Herr Wolf, was können Sie uns zu Anton Gerber sagen?«

Wolf schwieg einen Moment. Er überlegte und antwortete Kießling: »Den Namen habe ich schon seit Jahren nicht mehr gehört und will diesen am liebsten ganz aus meinem Gedächtnis streichen. Dieser Mensch hat alles Unglück verursacht.«

Der Kommissar bemerkte sofort eine aufkommende Unsicherheit bei dem alten Herrn. Er hakte nach. »Ich kann Ihren Unmut verstehen. Schließlich ist Ihre Tochter mit ihm durchgebrannt.«

Wolf unterbrach den Kommissar rüde: »Das ist absoluter Schwachsinn, Serafina wäre nie mit ihm durchgebrannt. Dieser Mann ist wahrscheinlich ihr Mörder und hat sie letzten Endes am Grauen Haus verscharrt. Danach hat er halb Winkel in Brand gesetzt, und heute ist er zurück, setzt sein Unwesen fort.«

Kießling ließ Wolf sprechen, wollte ihn weiter aus der Reserve locken. Nachdem der alte Mann seine Ausführungen beendet hatte und sichtlich aufgebracht den Kommissar anstarrte, fragte Kießling in ruhigem Ton:

»Wie kommen Sie eigentlich darauf, dass Gerber Ihre Tochter umgebracht hat, geschweige denn dass es überhaupt Mord war, der zu ihrem Tode führte?«

Diese Frage hatte Hartmut Wolf nicht erwartet. Sie schien ihn zu verunsichern.

Er schüttelte den Kopf und antwortete: »Was soll es denn sonst gewesen sein? Das war alles so schrecklich damals. Diese Nacht, als Serafinas Kleid brennend am Grauen Haus hing. Hören Sie auf, in der Vergangenheit zu wühlen. Fangen Sie lieber den Täter, der für die Taten von damals und heute verantwortlich ist!«

»Könnte das aus Ihrer Sicht Anton Gerber sein?«

Diese Frage löste in Hartmut Wolf weitere Verunsicherung aus. Er versuchte, der Situation zu entfliehen.

»Sie sind von der Polizei, es ist Ihr Job. Finden Sie es heraus!«

Daraufhin stand der alte Mann auf, zog ein Stofftaschentuch aus seiner Tasche und wischte sich über die Stirn. Fordernd wies er mit einem Fingerzeig auf die Apartmenttür.

»Wenn ich Sie nun bitten dürfte, zu gehen. Ich bin ein alter Mann, der gekommen ist, um seine Tochter in Würde zu bestatten. Guten Tag!«

Kießling und Ella folgten der Aufforderung von Hartmut Wolf. Sie verabschiedeten sich ebenfalls angemessen höflich und verließen das Zimmer. Auf dem Gang legten sie erst ein paar Meter zurück, bevor Ella die erste Reaktion folgen ließ.

»O Mann, was für ein Unsympath. Bitte versprich mir eines, sollten Arnold und ich jemals Kinder haben und der wird so wie der alte Wolf, tritt ihm mit Anlauf in den Hintern!«

Kießling grinste und erwiderte: »Darauf kannst du Gift nehmen.« Danach wurde er ernst und fragte seine Kollegin nach ihrem Eindruck von dem eben geführten Gespräch.

Ella versuchte, ihre Gefühle und Eindrücke zu sondieren. Sie war immer noch sehr aufgebracht über die Einstellung eines Vaters, derart in das Schicksal seiner Tochter einzugreifen. Diese Gefühle überlagerten im Moment ihre objektive Sichtweise. Kießling hingegen war ruhig und nachdenklich. Er hatte das Gesagte völlig wertfrei aufgenommen. Zwar widersprach dies völlig seiner eigenen Weltanschauung, doch das sollte seine Einschätzung in diesem Moment nicht trüben.

Ella fragte: »Was denkst du?«

Der Kommissar überlegte kurz und erwiderte: »An dem Kerl ist einiges falsch. Ich kann es noch nicht ganz greifen, aber er verschweigt uns was!«

Jetzt, wo Kießling die Einschätzung erwähnte, kehrte die Klarheit in die Polizistin zurück. Sie wischte ihre Gefühle beiseite und übrig blieb das gleiche Gefühl, das der Kommissar hatte.

»Was jetzt?«, fragte die Polizistin.

»Ich fahre dich zum Revier. Setz dich an den Computer und finde mir alles über Hartmut Wolf heraus. Check jedes Detail, das du kriegen kannst. Wo war er die letzten Jahre, Bankkonten, Videothekenausweis, Payback-Karte – einfach alles.«

»Und was machst du?«, fragte Ella ihren Chef.

Kießling rümpfte die Nase und antwortete: »Ich geb meinem Gefühl nach und fahre später noch mal zum Grauen Haus. Irgendetwas haben wir übersehen!«

ANGRIFF DES ZERBERUS

Auf dem Polizeirevier machten sich Ella und Kießling direkt an die Recherchearbeit über Hartmut Wolf. Der Kommissar war wie besessen davon, dass der alte Mann ihnen einen Großteil der Wahrheit verbarg. Bevor er somit sein Vorhaben, die Fahrt zum Grauen Haus, in die Tat umsetzte, unterstützte er Ella beim Zusammenstellen des Recherchematerials. Für die Polizistin war jetzt wieder viel Telefonarbeit angesagt. Die meisten Unterlagen zu Wolf dürften nicht digital vorliegen. Somit musste sie wieder bei der Gemeindeverwaltung von Winkel beginnen, um seinen Weg in der Vergangenheit nachzuzeichnen. Sie befürchtete bereits, dass es wohl Berge von alten Akten gab, die mit der Leselupe und in Handarbeit durchforstet werden mussten. Nach zwei Stunden wandte sie sich an Kießling.

»Das bringt hier nichts mehr. Ich habe alles angefragt. Per Mail habe ich altes Archivmaterial von den Behörden bekommen und die Banken können mir auch einiges zur Verfügung stellen. Dazu muss ich allerdings vorher noch mal zu Staatsanwalt Koch, wegen einer offiziellen Verfügung. Sonst dürfen die Banken nichts rausgeben.«

Kießling erwiderte: »Dann mach das. Sammle den Krempel ein und fahr am besten nach Lorch zu unserem Rechercheteam, die können dir sicher mehr helfen als unsere Bürohengste hier.«

Der Kommissar spielte damit auf Willi und Arnold an. Gerade der Rentner schien in der Recherchearbeit aufzugehen wie eine frisch gegossene Blume. Außerdem kannte Willi viele Fakten des Falles, war ein Zeitzeuge und hochmotiviert. Beste Zutaten für eine erfolgreiche Ermittlung. Zudem war ihm klar, dass Ella in diesem entspannten Umfeld, zusammen mit ihrem Arnold, effektiver arbeiten könnte als auf dem Revier. Er selbst wollte jetzt die Zeit nutzen, um am Grauen Haus noch mal seinem Instinkt nachzugehen. Damit schlug er zwei Fliegen mit einer Klappe, da seine Harley seit dem denkwürdigen Abend, an dem er zum Feuerhelden wurde, auf einem Parkplatz nahe dem historischen Gebäude stand.

Ella und Kießling packten alles zusammen, was für die Ermittlungen von Nöten war, stiegen in ein Dienstfahrzeug und fuhren Richtung Rheingau. Zu Ellas Verwunderung hatte sich ihr Chef von allein auf den Beifahrersitz gesetzt. Wenn er nicht gerade vorher mit Arnold und Willi ein paar Gläser Wein getrunken hatte, war dieses Verhalten nicht alltäglich. Auf der Fahrt sprach der Kommissar auffallend wenig, blickte ständig in den Außenspiegel, drehte von Zeit zu Zeit den Kopf und schaute aus der Heckscheibe auf den nachfolgenden Verkehr. Nach zehnminütiger Fahrt wurde Ella dieses Verhalten unheimlich.

»Was machst du denn die ganze Zeit?«, fragte die Polizistin.

Kießling schielte aus dem Augenwinkel zu seiner Kollegin und antwortete: »Seitdem wir vorhin beim Schloss Reinhartshausen vom Parkplatz gefahren sind, habe ich das Gefühl, dass uns jemand folgt. Dieser dunkle Mercedes, drei Autos weiter hinten, begleitet uns schon den ganzen Nachmittag. Vom Schloss bis zum Revier. Vorm Gebäude hat er an der Straße geparkt und jetzt fährt er wieder Richtung Rheingau hinter uns.«

Ella ging ein Licht auf. Im Büro hatte sie bereits bemerkt, dass Kießling von Zeit zu Zeit auffällig aus dem Fenster blickte. Da hatte er bereits den richtigen Riecher gehabt.

»Was meinst du, wer das ist?«, fragte die Polizistin.

Der Kommissar überlegte und wog die Möglichkeit ab. »Ich denke, dass unser Schatten zu Wolf gehört. Ich bin sicher, der folgt uns erst, seitdem wir diesen Vorzeigevater in die Mangel genommen haben. Ich sag Dir, da steckt mehr dahinter!«

»Soll ich ihn abschütteln?«, wollte Ella von Kießling mit einem Funkeln in den Augen wissen.

Dieser grinste und antwortete seiner heißblütigen Kollegin: »Gemach, gemach. Lass uns sehen, zu was das führt«. Mit dem Finger zeigte er auf ein Ortsschild und fuhr fort: »Da vorn geht's nach Winkel rein. Lass mich wie geplant am Grauen Haus raus. Wir tun so, als hätten wir unseren Verfolger nicht bemerkt. Fahr du direkt weiter nach Lorch. Halt nicht an und ruf Arnold an, damit er dich persönlich in Empfang nimmt.«

Sarkastisch antwortete Ella: »Ja, Papa!«

Kießling verzog die Mundwinkel über diese lapidare Reaktion. Schließlich machte er sich Sorgen um seine

Kollegin. Ella wusste ebenfalls um diesen Umstand und relativierte umgehend den Satz. Die beiden hatten schon zu viel erlebt, um jetzt leichtfertig mit einer derartigen Situation umzugehen.

Wie besprochen bog Ella in die Ausfahrt der Bundesstraße ein und setzte Kießling am Grauen Haus ab. Der Kommissar hatte den Verfolger ständig im Blick. Tatsächlich nahm der Mercedes ebenfalls die Ausfahrt und parkte allerdings einige Hundert Meter weiter hinten. Ella fuhr weiter. Der Kommissar ging ein paar Meter zu dem alten Gebäude und versteckte sich hinter einem parkenden Auto. Er wartete. Nach ein paar Minuten setzte sich der Mercedes in Bewegung und rollte langsam am Grauen Haus vorbei. Kießling blickte unbemerkt zu dem Verfolger. Er konnte einen Mann erkennen, der in seine Richtung sah. Er hielt ein Mobiltelefon am Ohr und schien mit jemandem zu sprechen. Kießling entschied sich, aus seiner Deckung herauszukommen und die Aufmerksamkeit auf sich zu ziehen, bevor der Verfolger sich wieder an Ella hängte. Er kam aus seinem Versteck, ließ für den Beobachter aber nicht den Schluss zu, dass er von seiner Anwesenheit wusste. Der Kommissar ließ den Verfolger erkennen, dass er auf das Grundstück des Grauen Hauses ging. Nachdem er dieses betreten hatte, gab der Mann im Mercedes Gas und verschwand. Kießling blickte ihm nach. Verschiedene Gedanken gingen ihm durch den Kopf, welchen Hintergrund die Observation des Unbekannten haben könnte. Er griff unter seine Jacke und prüfte den Sitz seiner Dienstwaffe im Holster. Er rechnete nicht damit, dass ihnen van Fraisaens Mörder und Entführer auf den Fersen war, dennoch war äußerste Vorsicht geboten. Wer auch immer sie verfolgte, hatte mit Sicherheit keine guten Absichten.

Die Dämmerung hatte eingesetzt und Kießling ging prüfend über das Grundstück, unter dem Serafinas Überreste gelegen hatten. Am Fundort blickte er in die Grube. Diese war weiterhin mit Absperrband der Polizei versehen. Beim Gedanken daran, dass dies für viele Jahre die unentdeckte Ruhestätte einer jungen Frau gewesen war, lief es ihm eiskalt den Rücken runter. »Welch ein unrühmliches Ende für eine Deutsche Weinkönigin«, dachte er bei sich. Bei diesem Gedanken schreckte der Kommissar wie vom Blitz getroffen auf. Sein Bauch begann zu grummeln. Er spürte, dass dieser Geistesblitz mehr Bedeutung in sich trug, als er zunächst ahnte. Er rannte ein paar Meter nach oben, weg vom Gebäude und dem Fundort, wollte eine neue Perspektive einnehmen. Von diesem Punkt aus hatte er eine gute Sicht auf das Gebäude mit den Bauarbeiten und auf den Fundort von Serafinas menschlichen Überresten. Er konnte nicht glauben, was er sah.

»Das ist es«, säuselte der Kommissar.

Er zückte sein Mobiltelefon und wollte Ella anrufen, da vernahm er hinter sich ein Geräusch. Etwas bewegte sich in seinem Rücken. Kießling schob langsam seine Hand unter seine Jacke und berührte den Griff seiner Dienstwaffe. Doch weiter kam er nicht. Hinter ihm ertönte ein Knurren und Bellen. Der Kommissar drehte sich blitzschnell um und sah einen riesigen Hund, Zähne fletschend, auf ihn zustürmen.

»Ach du Scheiße!«, brüllte er panisch, nahm die Beine in die Hand und stürmte zurück Richtung Graues Haus. Er spürte, dass die Bestie ihm dicht auf den Fersen war.

Das Adrenalin schoss in dem Kommissar hoch und verlieh ihm einen besonderen Schub, der ihm eine Extraportion an Geschwindigkeit brachte. Er konnte den feuchten Atem des Tieres förmlich in seinem Nacken spüren und bereitete sich darauf vor, jeden Moment zerfleischt zu werden. Trotz des Panikmodus nahm er vor sich einen kleinen Zaun wahr, der ein Gemüsebeet vom Grundstück trennte. Ein letzter Rettungsanker. Der Kommissar nahm Kurs auf die Umzäunung. Kurz davor nahm er alle Kraft zusammen, sprang mit beiden Beinen vom Boden ab und überwand den Zaun in olympischer Manier. Der Hund krachte in der nächsten Sekunde gegen die Gitter, fletschte die Zähne und bellte in ohrenbetäubender Lautstärke. Kießling blickte sich schnell um, damit er sicherstellen konnte, dass diese Bestie keinen anderen Weg zu ihm auf das sichere Terrain fand. Erleichtert, dem Tod oder zumindest schweren Verletzungen entkommen zu sein, blickte er das Tier prüfend an. »Woher zum Teufel war das Vieh gekommen?«, ging ihm durch den Kopf.

Plötzlich drangen Rufe zu ihm und der weiterhin bellenden sowie wild zähnefletschenden Bestie durch.

»Zerberus, Zerberus – hierher!«

Wie auf Knopfdruck beendete der Hund sein aggressives Verhalten und rannte zu einem Mann, der schnellen Schrittes auf den hinter dem Gatter kauernden Kießling zukam. Der Kommissar sah den Mann und erkannte diesen zu seiner Überraschung sofort. Es war Bauarbeiter Peter Ullreich.

Kießling brüllte in seine Richtung: »Ist das Ihrer? Machen Sie dieses Monstrum an der Leine fest, sonst beruhige ich ihn mit meiner Dienstwaffe.«

Ullreich griff sogleich den Hund am Halsband und befestigte eine dicke Leine. Nachdem Kießling sicher war, dass das Tier sicher angebunden war, kletterte er wieder über das Gatter. Auf der anderen Seite klopfte er den Dreck von seinen Klamotten und musste feststellen, dass er sich beim Sprung in die Sicherheit ein Knie aufgeschlagen hatte.

Ullreich war nervös und begann sich zu entschuldigen. »O mein Gott, Herr Kommissar, das tut mir fürchterlich leid. Normalerweise lass ich Zerberus nicht von der Leine, aber heute hat er sich losgerissen.«

Kießling schüttelte ungläubig den Kopf. »Was für ein Zufall – nicht wahr? Gehen Sie hier immer um diese Zeit spazieren?«

Ullreich zögerte, überlegte seine Antwort. Er entgegnete verunsichert: »Ja, das ist unsere Abendstrecke.«

Kießling nickte, hatte aber so seine Zweifel. »Komischer Zufall«, ging es dem Kommissar durch den Kopf.

Mit einem Wink auf den Hund sagte Kießling zu Ullreich: »Seinem Namen macht dieser Höllenhund allerdings alle Ehre.« Mit dieser Aussage wollte der Kommissar von seinem Verdacht ablenken, dass er diese ganze Szenerie als verdächtig empfand.

Ullreich schob ein aufgesetztes Lächeln vor und antwortete: »O ja, Zerberus ist ja auch gewissermaßen mein Wachhund«. Er machte eine kurze Pause, blickte sich verunsichert um und stammelte: »Wie gesagt, tut mir leid, Herr Kommissar, aber ich muss jetzt auch nach Hause. Zerberus braucht sein Fressen.«

Der Kommissar stimmte zu. »Das denke ich auch. Machen Sie sich mit dem Biest nach Hause, bevor es noch den nächsten Passanten auffrisst.«

Dies ließ sich Ullreich nicht zweimal sagen und verschwand kurzerhand mit seinem tierischen Begleiter.

Kießling schluckte, konnte die gerade erlebte Szene immer noch nicht fassen. Er klopfte sich noch mal den Dreck von der Hose und ging zu seiner Harley. Am Motorrad angekommen rief er Ella an und erzählte von dem Vorgefallenen. Diese fragte sofort, ob sie vorbeikommen solle oder er einen Arzt brauche. Kießling verneinte und wies seine Assistentin an, mit den Recherchen weiterzumachen. Er selbst musste seine Gedanken ordnen und das Geschehene erst mal sacken lassen. Kießling hoffte, dass seine Eingebung mit Ellas Ergebnissen harmonierte. Sie verabredeten sich für den nächsten Morgen auf dem Polizeirevier. Sie solle Willi und Arnold mitbringen, da die beiden ihre tatkräftigen Unterstützer waren.

DAS ENDE EINER SCHLAFLOSEN NACHT

Am Morgen spürte Kießling nach einer quälend langen Nacht jeden Knochen in seinem Körper. Die plötzliche Anspannung der Flucht vor dem Zerberus hatte ihm einen kräftezehrenden Muskelkater eingebracht. Zudem schmerzte das aufgeschlagene Knie. Notdürftig hatte es Kießling am Abend noch versorgt und danach eine starke Schmerztablette eingeworfen. Er versuchte, wieder einen klaren Kopf zu bekommen, um seine These im Geiste durchzuspielen. Sowie es hell wurde, setzte er sich in Bewegung und fuhr auf das Polizeirevier.

Ella hatte wie besprochen Arnold und Willi mitgebracht. Die drei hatten sich die ganze Nacht um die Ohren gehauen, um Papiere und Dokumente rund um Hartmut Wolf zu sichten. Jetzt warteten sie im Büro auf den angeschlagenen Kießling. Als der Fahrstuhl sich öffnete und die drei zusahen, wie der Kommissar sichtlich mitgenommen in Richtung Büro humpelte, verzogen sie das Gesicht.

»Ach du lieber Himmel. Unser Kommissar sieht jo aus, als käm' er grad aus 'em Krieg«, beschrieb Willi Kießlings Erscheinung.

»Leicht untertrieben«, fügte Arnold an.

Ella kommentierte nicht weiter und rollte einige Papiere auf dem Besprechungstisch aus, während Kießling ins Büro gehumpelt kam.

»Morsche zusammen«, begrüßte der Polizist die Runde.

»Hätte dir wohl doch einen Arzt schicken sollen«, sagte Ella.

Der Kommissar wiegelte ab. »Geht schon. Gegen Muskelkater gibt es zudem nicht wirklich was. Hab schon ordentlich Schmerzpillchen geschluckt. Also, legen wir los. Was habt ihr rausgefunden?«

Ella wies auf die Papiere auf dem Tisch und berichtete: »Eine ganze Menge. Du wirst es nicht glauben, aber Hartmut Wolf hat kurz vor Serafinas Fund Geld an eine Person hier im Rheingau überwiesen.«

»Lass mich raten – Bauarbeiter Peter Ullreich!«, resümierte Kießling.

Ella nickte und fuhr fort: »Genau. Nachdem du gestern erzählt hast, dass er dir urplötzlich und so auffallend spontan begegnet ist, haben wir diese Verbindung überprüft. Dazu kommt eine private Detektei, die auf Überwachung spezialisiert ist.«

»Und das waren unsere Schatten gestern, angeheuert von Hartmut Wolf«, ergänzte Kießling.

Ella fuhr aufgeregt fort: »Jetzt kommt's: Hartmut Wolf hat zudem jahrelang Geld in die Niederlande überwiesen – an Anton Gerber!«

»So fügt sich ein Teil des Puzzles zum anderen!«, fasste der Kommissar zusammen und sagte weiter: »Das deckt sich mit meiner Vermutung vom Grauen Haus gestern.«

»Was meinst du?«, fragte Arnold.

Kießling führte aus, dass Serafinas Fundort an dem historischen Gebäude auffällig weit weg von den eigentlichen Bauarbeiten lag. Es ergab keinen Sinn, an dieser Stelle zu graben. Hier kam Peter Ullreich ins Spiel, der im Auftrag von Hartmut Wolf an dieser Stelle suchen sollte, um die Überreste seiner Tochter zu finden. Demzufolge wusste Hartmut Wolf über all die Jahre, wo seine Tochter war. Der Fakt, dass Wolf zudem Geld an Gerber in die Niederlande überwiesen hatte, ließ Kießling folgern, dass der Vater irgendwie in Zusammenhang mit Serafinas Tod stand und Gerber über Jahre ein Schweigegeld zahlte. So, wie der Kommissar Hartmut Wolf einschätzte, war dieser selbst im hohen Alter von Geltungsdrang getrieben und sah im öffentlichkeitswirksamen Fund der Überreste seiner Tochter einen Weg zurück in den Mittelpunkt des Interesses. Damit, dass er dadurch Anton Gerber auf den Plan rief, dem dieser Schachzug offensichtlich gar nicht gefiel, hatte Wolf nicht gerechnet. Somit hatte Hartmut Wolfs Plan den ehemaligen Liebhaber seiner Tochter aufgeschreckt und zum Mörder werden lassen. Die Romanvorlagen seines Arbeitgebers kamen dem alten Raubein von Winkel wohl ganz gelegen und der Autor durfte im gleichen Atemzug als Opfer seiner eigenen Geschichten herhalten.

Nach Kießlings Ausführungen war der Raum von einem atemlosen Schweigen geprägt. Keiner konnte diese grenzenlose Grausamkeit fassen, die Hartmut Wolf dazu trieb, seine eigenen Interessen auf dem Rücken seiner Tochter auszuleben und dies sogar noch über deren Tod hinaus. Dazu kam womöglich, dass der Vater zu allem

Überfluss für das Ableben seiner Tochter verantwortlich war.

»Wie geht's weiter?«, fragte Ella.

Kießling antwortete wild entschlossen: »Wir fahren jetzt in den Rheingau, verhaften Wolf und Ullreich«, und fügte mit einem Wink auf sein Knie an, »und verfrachten den Zerberus zu den Raubtieren im Zoo.«

Ella stimmte zu, war ebenfalls entschlossen, jetzt Nägel mit Köpfen zu machen. Zudem war es für sie eine persönliche Genugtuung, Vater Wolf später im Verhörzimmer zu haben. Dieser hatte ihr mit seiner Art übel aufgestoßen und sollte jetzt die Quittung für all seine Sünden erhalten.

»Wen nehmen wir uns zuerst vor?«, fragte die Polizistin.

Kießling überlegte kurz und antwortete: »Schick die Kollegen zu Schloss Reinhartshausen, den Wolf abholen. Wir nehmen uns Ullreich vor!«

Gesagt, getan. Ella mobilisierte ein Team, dass Hartmut Wolf verhaften sollte. Kießling vergaß unter der frisch gewonnenen Motivation seinen Schmerz, schnappte sich einen Schlüssel für einen Dienstwagen und ging voraus zum Fahrstuhl.

Er drehte sich noch geschwind zu den beiden Lorcher Recherchehelfern um. »Willi, Arnold, tausend Dank für eure Hilfe. Für heute habt ihr Feierabend.«

Willi lachte und antwortete: »Ei subber. Dann könne' mir jetzt erst mo' en Kaffee trinke'. Fräulein Nilsson hat's jo heut' morsche sehr eilig gehabt.«

Kießling lachte und erwiderte: »Die Maschine steht da hinten. Lasst es euch gut gehen!«

Dies ließen sich Arnold und Willi nicht zweimal sagen und übernahmen die Kaffeemaschine. Kießling und Ella eilten zum Einsatzfahrzeug, instruierten die Kollegen und machten sich auf den Weg.

Die beiden Lorcher nahmen am Besprechungstisch Platz und ließen sich ihren Kaffee schmecken.

»Ist das nit schee', Arnold? Wieder en Fall gelöst'«, freute sich Willi.

Der Winzer lächelte und stimmte schweigend zu, während er am heißen Kaffee nippte. Der Rentner nahm ebenfalls einen Schluck und griff zu einem Schriftstück, das bei den Unterlagen des Falles auf dem Tisch lag. Seine Blicke vertieften sich in den Text.

Arnold schaute Willi an und fragte: »Ist alles in Ordnung?«

Willi druckste und erwiderte: »Ich weiss es noch nit. Gib mir bitte den Stift do hinte'.«

Arnold reichte Willi den Kugelschreiber. Auf dem Gang öffnete sich indes die Fahrstuhltür und Dr. Berger stürmte aufgeregt in den Gang. Er sah sofort Willi und Arnold, eilte auf die beiden zu.

»Wo ist Kießling?«, rief er aufgeregt.

»Die sind gerade in den Rheingau, um ein paar Verdächtige festzusetzen«, antwortete der Winzer.

»Die haben wohl ihre Mobiltelefone allesamt auf lautlos. Ich kann weder ihn noch Frau Nilsson erreichen. Ich habe etwas herausgefunden, was von dringlicher Bedeutung sein kann.«

»Was ist es?«, fragte Arnold aufgeregt.

Dr. Berger legte ihm ein Untersuchungsergebnis vor, das dem Winzer vor Überraschung die Farbe aus dem Gesicht trieb.

»Ich denke, wir sollten dies umgehend dem Kommissar auf irgendeine Art mitteilen«, insistierte der Pathologe.

Arnold stimmte zu und regte an, mit Dr. Bergers Mercedes den anderen in den Rheingau zu folgen. Der Gerichtsmediziner nickte und wollte mit den beiden sofort los.

»Stopp!«, rief Willi überraschend. Arnold und Dr. Berger schauten den Rentner fragend an.

»Was ist?«, fragte Arnold.

»Ich glaub', das hier sollte' mir dem Kießling ebenfalls mitteile'!«

Dabei hob der Rentner einen Zettel hoch, auf den er etwas gekritzelt und notiert hatte. Arnold und Dr. Berger sahen geschockt, was Willis Interesse zuvor geweckt und er jetzt herausgefunden hatte.

Der Pathologe kommentierte dies mit den Worten: »Das darf doch nicht wahr sein. Schnell, wir müssen ihnen folgen!«

ZUM SCHWEIGEN GEBRACHT

Auf der Fahrt in den Rheingau sinnierte Ella, wie es nach der Verhaftung von Hartmut Wolf und Peter Ullreich weitergehen könnte. Sie hatten mit den Erkenntnissen über die beiden einen großen Teil der Wahrheit freigelegt, doch auf der anderen Seite noch keinen Plan, wie die Festsetzung von Wolf und Ullreich zu ihrem Hauptverdächtigen Anton Gerber führen könnte. Der Kommissar stimmte seiner Kollegin zu, war aber davon überzeugt, dass hierdurch eine Kettenreaktion in Gange käme, die zur Verhaftung von Gerber führen würde. Er sah Hartmut Wolf und Peter Ullreich als die nächsten Hauptziele des Mörders an. Durch deren Handeln waren die schlimmen Ereignisse erst losgetreten und alte Wunden wieder freigelegt worden.

Ella konnte immer noch nicht glauben, dass Hartmut Wolf tatsächlich eiskalt am Tod seiner Tochter beteiligt gewesen war, nur um zu verhindern, dass diese mit Anton Gerber eine Zukunft einging. Dazu kam zu allem Überfluss, dass auch ihr Liebhaber Gerber sich der Gier nach Geld hingegeben und dafür seine Liebste verraten hatte.

Kießling kommentierte dies scherzhaft: »Tja, Ella, kannst du mal sehen, was du für ein Glück mit deinem Arnold hast.«

Die Polizistin stimmte lächelnd zu. Mit Arnold hatte sie in der Tat das große Los gezogen. Er hatte in der Vergangenheit bedingungslos sein Leben für sie riskiert, und auch sonst trug er sie auf Händen, seitdem die beiden zusammengekommen waren.

Während die zwei sich unterhielten, brummte im Kofferraum Ellas auf lautlos gestelltes Mobiltelefon vor sich hin. Sie hatte es mit ihrer Tasche unachtsam hinten reingepackt und nicht mehr daran gedacht. Vor lauter Aufregung und Tatendrang hatte dann auch noch Kießling sein Telefon auf dem Schreibtisch im Revier liegen gelassen. Damit liefen Dr. Bergers Bestrebungen, die beiden Polizisten über neueste Entwicklungen zu informieren, ins Leere.

In Winkel angekommen steuerte der Kommissar zur Adresse von Peter Ullreich. Er war gespannt, wie der Bauarbeiter reagierte, wenn sie ihn mit den Ermittlungserkenntnissen konfrontierten. Kießling hoffte zudem, dass dieser seine These über Hartmut Wolf stützte und sie damit der Lösung des Falles ein ganzes Stück näher kämen. Außerdem ging er davon aus, dass Ullreich in jedem Fall ein potentielles Ziel Gerbers sein könnte. Diesen Schergen festzusetzen, dürfte in jedem Fall noch eine besondere Mammutaufgabe darstellen. Die ganze Situation mit dem Mord an Richard van Fraisaen, der Entführung und dem Mordversuch an dessen Kindern war bereits so weit eskaliert, dass Gerber in keinem Szenario etwas zu verlieren hatte. Dieser Gedanke machte dem Kommissar große Sorgen und Gerber unberechenbar.

Kießling bog in die Zielstraße ein, wo Ullreichs Haus stand. Dieses lag am dünn besiedelten Ortsrand. Vorsichtshalber stellte er das Auto mit einem gewissen Sicherheitsabstand ab, dass ihr Verdächtiger von der Anwesenheit der Polizisten so wenig wie möglich mitbekam. Ella und der Kommissar stiegen aus und gingen langsam zu dessen Hofeinfahrt. Ein Gartenzaun trennte das Grundstück vom Bürgersteig.

Kießling warnte seine Kollegin vor: »Pass auf, Ella. Falls gleich sein monströser Wachhund um die Ecke kommt, mach dich fluchtbereit.«

Ella gab dem Kommissar ein Zeichen, dass sie verstanden habe und bereit sei. Kießling beobachtete aufmerksam jeden Zentimeter des Grundstückes. Er persönlich war ebenfalls nicht sehr erpicht auf eine weitere Begegnung mit dem Zerberus. Es standen zwar einige Büsche in Ullreichs Vorgarten, doch war der Kommissar sicher, dass sich das Tier dort nicht befand.

»Ok, ich glaub, die Luft ist rein«, flüsterte er zu Ella rüber.

Sie betraten das Grundstück und gingen vorsichtig in Richtung Haustür, die aus ihrer Sicht noch von einer kleinen Tanne verdeckt war. Langsam und mit höchster Achtsamkeit bewegten sich die beiden immer weiter voran, ihre Hände stets griffbereit an der Dienstwaffe.

Kießling richtete seinen Blick auf einen Busch, hinter dem er etwas Verdächtiges wahrnahm, und blieb wie angewurzelt stehen. Ella schaute ihren Chef an und tat es ihm gleich.

»Was ist?«, flüsterte die Polizistin zu ihm rüber.

Kießling rührte sich keinen Zentimeter und deutete vorsichtig auf den Busch. Daneben erblickte Ella die große Pfote eines gewaltigen Hundes. Zerberus lag hinter dem Gestrüpp.

»Verdammte Scheiße«, flüsterte Kießling und wollte gerade den Rückzug antreten, da bemerkte er, dass der Wachhund sich nicht rührte. Vorsichtig näherte sich der Kommissar dem Tier. Mit der rechten Hand signalisierte er Ella, sich nicht zu rühren. Je näher er kam, desto größer war die Gewissheit, dass Ullreichs Wachhund wohl ein Nickerchen machte.

»Der pennt«, flüsterte der Kommissar seiner Kollegin zu.

Ella war dies sehr suspekt. Ein Wachhund, der schläft, während Fremde sein Grundstück betraten? Dies machte keinen Sinn. Sie ging zu Kießling und begutachtete den Hund. Dabei bemerkte sie ein großes Stück Fleisch, das neben dem schlafenden Hund lag.

»Sieh dir das hier an«, sagte Ella, deutete auf das Fleisch und fuhr fort: »Ein schlafender Wachhund und ein Stück rohes Rind, das er dazu nicht aufgefressen hat? Da stimmt doch was nicht.«

Kießling schwante nichts Gutes. Seine Kollegin hatte recht. Der Kommissar ging näher an das Stück Fleisch und nahm sofort den Geruch einer Chemikalie wahr, die zur Betäubung eingesetzt wird.

Kießling war sofort im Alarmmodus.

»Hier ist etwas oberfaul«, sagte er jetzt in lauterem Ton. Sofort zog ihn sein Bauchgefühl zum Hauseingang. Er bewegte sich schnell um die Tanne herum und starrte schockiert auf die Haustür. Ella folgte ihm und sah ebenfalls den Grund seiner Schockstarre. In die Haustür war ein Messer gerammt und daran hing eine herausgerissene Buchseite.

Langsam ging Kießling auf die Haustür zu, nahm ein Tuch aus seiner Tasche, wickelte dieses um seine Hand und zog das Messer aus der hölzernen Tür. Mit der anderen Hand nahm er die Buchseite von der Klinge. Ella stellte sich zu ihm. Eine unglaubliche Anspannung überkam die beiden Polizisten. Mit einer derartigen Situation hatten die erfahrenen Beamten nicht gerechnet. Aus irgendeinem Grund waren sie allerdings auch nicht überrascht. Der Kommissar schaute seine Kollegin immer noch völlig außer Fassung an. Doch dann überkam ihn die Sorge über Ullreichs Leben. Er ließ Messer und Buchseite fallen und donnerte mit der Faust gegen die Haustür.

»Herr Ullreich? Sind Sie da drin?«

Keine Antwort. Der Kommissar schob Ella etwas zur Seite, nahm einen kurzen Anlauf und öffnete mit einem beherzten Tritt die einfache Haustür. Er zog seine Dienstwaffe hervor und ging in den Flur. Im Haus wiederholte er seine Rufe. Ella hatte sich ebenfalls bewaffnet und folgte ihrem Chef. Gemeinsam prüften sie alle Zimmer der unteren Etage. In der Küche fiel ihnen sofort ein umgefallener Stuhl ins Auge. Hier hatte anscheinend ein Kampf stattgefunden. Am anderen Ende des Raumes stand eine Balkontür offen. Hier hatte sich der Täter wohl Zutritt verschafft, nachdem er den Hund außer Gefecht gesetzt hatte. Ella und Kießling prüften noch die zweite Etage. Von Ullreich keine Spur. Kießling eilte wieder zur Haustür und hob die Buchseite auf. Darauf war die Zeichnung einer Mordszene zu erkennen. Die beiden Polizisten starrten wie versteinert auf das Blatt. Die Zeichnung zeigte einen Körper, der an ein Fass gebunden und mit einem Strick stranguliert wurde. Menschen standen darum und schienen diese Folter wohl zu beobachten.

»Was soll das darstellen?«, fragte Kießling sichtlich nervös.

Ella schwieg und überlegte. Ihr schien etwas durch den Kopf zu gehen. Kießling registrierte, dass seine Assistentin wohl einen Einfall hatte.

»Hast du eine Idee?«

Ella schob ihren Zeigefinger vor ihren Mund und legte diesen dann auf die Zeichnung.

Sie sagte: »Mir kommt das bekannt vor, so etwas Ähnliches hab ich hier in Winkel schon mal gesehen.«

»Hier in Winkel?«, fragte der Kommissar ungläubig.

Ella erklärte: »Natürlich nicht exakt wie auf der Zeichnung. Aber ich könnte mir vorstellen, wo uns dieser Hinweis hinführen soll. Wir sind schon mal dran vorbeigegangen, als Willi uns seine Geschichte von damals erzählte.«

»Jetzt spann mich nicht so auf die Folter. Wo soll das sein?«

Ella blickte auf und antwortete: »Die Winkeler Fasseiche!«

Kießling und Ella eilten aus dem Haus, rannten zum Auto und machten sich auf den Weg zur Fasseiche. Dies war ein historischer Ausstellungsort in der Stadt. Früher wurden dort durch einen Eichmeister die Holzfässer für die Weine geeicht. Heute diente der Platz ausschließlich als kleines Museum. Noch bevor die Beamten ins Auto einstiegen, ertönte der Feueralarm der Stadt.

Ella schaute auf Kießling. Der erwiderte ihren Blick mit den Worten: »Ich befürchte, jetzt beginnt das Finale.«

Sie stiegen ins Auto ein und fuhren in höchstem Tempo zur Fasseiche. Vor dem Schaufenster der Ausstellung sahen sie bereits aus der Ferne schockierte Einheimische, die offensichtlich einen grauenvollen Anblick vor sich hatten.

»Ich ahne Böses«, murmelte Ella.

Ein Passant hatte aus Verzweiflung einen nahe gelegenen Feueralarm ausgelöst, nachdem er einen Blick durch die Scheibe geworfen hatte. Ella klemmte sich ans Funkgerät und forderte Verstärkung an. Die Zentrale bestätigte und alarmierte weitere Beamte zur Unterstützung.

Kießling fuhr direkt auf den Vorplatz zur Fasseiche und rammte dabei einen aufgestellten Pfosten, der zur Absperrung diente. Die beiden Polizisten stiegen hektisch aus, rannten die paar Meter zu dem kleinen Museum und blickten durch die Scheibe. Wie auf der Buchseite skizziert, war Peter Ullreich an eines der Fässer gebunden. Mit einem Strick um seinen Hals war er mutmaßlich zu Tode stranguliert worden. Sein Gesicht aufgequollen, die Augen quälend aufgerissen und aus dem Mund hing seine Zunge.

Mittlerweile war aufgrund des Feueralarms die Feuerwehr vorgefahren. Kießling winkte sofort einen der Männer zu sich. Der Feuerwehrmann eilte zum Kommissar. Noch bevor dieser ein Wort sagen konnte, blickte er durch die Scheibe und begann schockiert zu würgen, als sein Blick auf Peter Ullreichs Leiche fiel. Noch nie zuvor hatte der ehrenamtliche Brandbekämpfer einen derart schrecklichen Anblick ertragen müssen. Kießling packte ihn und schüttelte ihn durch, bis er aus seinem Schockzustand wieder zu sich fand.

»Hey … Hey, reißen Sie sich zusammen! Sperren Sie den Bereich um den Platz hier weitläufig ab, bis unsere Verstärkung eintrifft.«

Der Feuerwehrmann versuchte, die Fassung zurückzuerlangen. Nachdem Kießling ihn noch mal kräftig geschüttelt hatte, nahm der junge Mann die Aufgabe wahr und organisierte mit seinen Kameraden eine Absperrung.

Ella fragte sich, wie der Täter Ullreich hier im Ortskern unbemerkt in die Fasseiche hatte schaffen können. Kießling hatte seine Theorie. Er ging davon aus, dass der Täter Ullreich in der Nacht entführt und bei Dunkelheit hierhergeschafft hatte. Ob er ihn letztendlich hier zu Tode stranguliert hatte, machte für den Kommissar in diesem Moment keinen Unterschied.

Mittlerweile fuhren weitere Polizeifahrzeuge vor. Ein Beamter sprang heraus und eilte zum Kommissar.

»Herr Kießling, Herr Kießling …«, begann er zu rufen. Doch sowie er am Schaufenster der Fasseiche ankam und einen Blick auf Ullreichs Leiche warf, vergingen ihm die Worte.

Der Kommissar erkannte den jungen Kollegen. Er gehörte zu der Einsatztruppe, die Hartmut Wolf inhaftieren sollte. Wie schon den Feuermann zuvor, musste Kießling auch diesen jungen Mann in die Realität zurückholen.

»Schauen Sie mich an. Was wollten Sie sagen? Habt ihr Hartmut Wolf verhaftet?«, wollte der Kommissar wissen.

Der Kollege holte tief Luft, wandte seinen Blick von der Leiche ab und antwortete Kießling: »Nein. Hartmut Wolf war nicht aufzufinden. Dafür haben wir den Wagen der Detektei gefunden, mit dem Sie und Frau Nilsson beschattet wurden.«

Der Polizist machte eine Pause. Er schien mit der ganzen Situation überfordert.

Kießling rief: »Und weiter? Kommen Sie schon!«

Stotternd fuhr er fort: »Im Kofferraum fanden wir die Leiche des Fahrers, auf der Rückbank einen Gehstock.« Er machte eine kurze Pause, griff in seine Innentasche und zog eine abgerissene Buchseite in einer Klarsichthülle heraus. »Zusammen hiermit!«

Wieder die Skizzierung einer Mordszene. Kießling nahm die Seite an sich und schaute mit Ella zusammen darauf.

Die Polizistin schüttelte fassungslos den Kopf und murmelte: »Das will er doch nicht wirklich machen?«

Kießling entgegnete leise: »Mittlerweile traue ich diesem Kerl alles zu!«

Die Seite zeigte einen Mann im Todeskampf, an ein hölzernes Kreuz gebunden. Davor seinen Henker, mit einer Fackel in der Hand – bereit, das Feuer zu entzünden.

So schrecklich der Gedanke auch war, jetzt mussten beide Polizisten sich anstrengen, wieder einen klaren Kopf zu bekommen. So wie es den Anschein hatte, war Hartmut Wolf entführt worden, und sein Entführer hatte direkt den Hinweis hinterlassen, wie er den alten Mann ermorden würde.

»Wir müssen rauskriegen, wo Gerber den alten Wolf in eine lebendige Fackel verwandeln will«, sagte Kießling, wieder klar bei Sinnen.

Ella stimmte zu und hatte eine Idee.

»Lass uns in die Fasseiche gehen. Gerber scheint doch ein Freund von Hinweisen zu sein, vielleicht finden wir etwas bei Ullreichs Leiche, was uns weiterhelfen könnte.«

Kießling nickte und empfand dies als eine gute Idee. Die beiden gingen langsam durch die Eingangstür. Beim Betreten kam ihnen sofort dieser beißende Geruch eines Toten entgegen. Es roch nicht nach Verwesung. Der Dunst eines ermordeten Menschen ließ sich schwer einfangen und in Worte fassen. Wenn Kießling Vorträge an der Polizeischule hielt und den Anwärtern versuchte, den Moment nahezubringen, wenn er einen Tatort betritt, ist dies ein fast unmögliches Unterfangen. Diesen Moment zu beschreiben, was einem durch den Kopf und die Nase geht, entbehrte jeder Vorstellung, bis es selbst erlebt wurde. Jetzt war wieder ein derartiger Zeitpunkt. Langsam näherten sich Ella und der Kommissar dem ermordeten Ullreich. Der Anblick war grauenhaft. Die Vorstellung, wie ein Mensch einem anderen solches Leid antun konnte, fern jeder Art von Menschlichkeit, war schwer zu ertragen.

Kießling und Ella konzentrierten sich auf das Wesentliche, blendeten ihre Gefühle aus. Der Kommissar ging nah heran, berührte den toten Mann und zog ihn etwas nach vorn.

»Da ist etwas, Ella.«

Hinter Ullreichs Kopf war etwas in das hölzerne Fass geritzt.

»Wir brauchen ein Messer oder einen scharfen Gegenstand, um das Seil am Hals durchzuschneiden«, rief Kießling.

Ella schaute sich hektisch um und sah ein altes Messer in der Ecke liegen. Sie griff danach und reichte es schnell dem Kommissar. Dieser schnitt das Seil durch, dabei sank der tote Körper zur Seite. Ella verzog das Gesicht. Dieser Anblick erzeugte in ihr ein Gefühl, als hätte sie selbst Ullreichs Todesqualen erleben müssen.

Zum Vorschein kamen drei Zahlen, nebeneinander angeordnet.

Kießling las laut vor: »3 – 6 – 18.«

Kurzes Schweigen. Beide überlegten, bis Ella ein paar Sekunden später eine Eingebung bekam. »Das erinnert mich an Bibelstellen.«

Kießling schaute sofort seine Kollegin an. »Das ist es! Der beschreibt eine Buchstelle von van Fraisaen. Da verwette ich meinen Hintern darauf.«

Ella erwiderte umgehend: »Wir müssen in den Buchladen.«

Der Kommissar antwortete zustimmend: »Genau! Das ist unsere einzige Chance, rauszufinden, worauf Gerber hindeuten will. Mach ein Bild von diesen Zahlen und dann lass uns starten!«

Ella suchte nach ihrem Handy.

»Ich kann mein Telefon nicht finden. Ich glaube, das liegt in meiner Tasche im Kofferraum. Ich hole es schnell!«

Kießling rief seine Kollegin zurück: »Keine Zeit. Die drei Zahlen können wir uns auch merken.«

Die beiden Polizisten rannten aus der Fasseiche zu ihrem Dienstfahrzeug.

»Macht Platz da!«, rief der Kommissar zu den Kollegen, die ihre Autos zur Absperrung geparkt hatten. Schnell wurde ein Korridor geschaffen und Kießling raste zur nahe gelegenen Buchhandlung von Georg Tessler.

Kießling legte vor dem Laden eine Vollbremsung hin. Die Reifen quietschten und das Fahrzeug stieß gegen den Bordstein.

Von dem Getöse aufgeschreckt, blickte Tessler durch seine gläserne Ladentür. Der Kommissar und seine Assistentin stürmten auf die Eingangstür zu. Irritiert trat Tessler etwas von seiner Ladentür zurück. Kießling schob wuchtig die Tür auf und sie betraten das Geschäft.

Tessler fragte besorgt: »Herr Kommissar, was ist hier los?

Der Buchhändler hatte einen sorgenvollen Gesichtsausdruck. Natürlich hatte er die Aufregung im Ort mitbekommen und jetzt standen zwei aufgewühlte Polizisten vor ihm.

Kießling kam gleich zum Punkt. »Wir brauchen Ihre Hilfe. Haben Sie einen Zettel und was zum Schreiben?«

Der Buchhändler nickte und reichte dem Kommissar umgehend Papier und Stift.

Der Polizist kritzelte eilig die Zahlenreihe vom Fass auf den Zettel und hielt diese Tessler hin.

»Schauen Sie hier. Wir brauchen den dritten Band aus der Buchreihe von van Fraisaen. Darin Seite 6 und Zeile 18.«

Schnell wühlte der Buchhändler in seinem Sortiment. Er schien sehr nervös, doch er fand zügig das benötigte Buch und reichte es Kießling. Dieser schlug hektisch die besagte Seite auf und fuhr mit dem Finger zur Zeile 18.

Laut las er vor: »… qualvoll ging sein Körper in Flammen auf und entweihte damit die friedliche Welt des Schlossgartens …«

Der Kommissar hob den Kopf, blickte fragend Ella und Tessler an.

Die Polizistin hatte keine Idee, doch dem Buchhändler schien ein Gedanke durch den Kopf zu gehen.

Kießling erkannte dies sofort und fragte: »Haben Sie eine Idee, was damit gemeint sein könnte?«

Tessler versuchte, seinen Gedanken zu erläutern: »Ich gehe jetzt mal davon aus, das dies mit der schrecklichen Mordserie zusammenhängt. Wenn ich das lese, denke ich sofort an den Garten von Schloss Vollrads.«

»Das muss es sein«, resümierte Ella.

Kießling war ebenfalls davon überzeugt, dass mit dieser Stelle auf Schloss Vollrads hingewiesen wurde.

»Ich denke auch. Wie kommen wir am schnellsten von hier aus dorthin?«, fragte Kießling.

Tessler ging zur Ladentür und öffnete diese. Er zeigte zur Hauptstraße und versuchte, den Weg zu erklären.

Kießling folgte ihm und ging auf die Straße. Er schüttelte den Kopf, denn ganz Winkel war von Einsatzfahrzeugen verstopft. Durch die Stadt gab es kein Durchkommen.

»Unten ist alles zu. Wir müssen uns irgendwie durch die Gassen schlängeln«, sagte der Kommissar hektisch.

Ella kam hinzu, überlegte ebenfalls, wie sie schnellstens in die Weinberge zu Schloss Vollrads kommen könnten.

Tessler kam zu ihnen und erklärte: »Es gibt einen Schleichweg in dieser Richtung.«

Dabei zeigte er in die entgegengesetzte Richtung der chaotischen Zustände im Ort und versuchte, Kießling den Weg zu erklären.

»Dafür haben wir keine Zeit«, sagte der Kommissar zu dem Buchhändler, packte ihn am Ärmel und zog ihn zum Auto. »Sie kommen mit und zeigen uns den Weg.«

Ella schaute kritisch. Einen Unbeteiligten in eine derart gefährliche Situation hineinzuziehen war nicht Kießlings Art, geschweige denn erlaubt. Doch schnell wurde auch ihr klar, dass sie keine andere Wahl hatten.

Tessler schien zwar überfordert und verängstigt, aber er hatte ein Einsehen und stieg umgehend mit in das Polizeiauto. Kießling setzte zurück und folgte Tesslers Anweisungen zu Schloss Vollrads.

DIE DREI MUSKETIERE

Währenddessen raste ein silberner Mercedes mit drei Männern an Bord über die Bundesstraße 42. Am Steuer saß der sonst mit Bedacht fahrende Dr. Berger, Arnold auf dem Beifahrersitz und der Rentner Willi auf der Rückbank.

Wegen der ungewohnt zügigen Fahrweise des Pathologen krallte sich der junge Winzer an den Griff über der Beifahrertür. Willi versuchte hinten die Balance zu halten, während er zwischen den beiden vorderen Sitze nach vorn schaute.

»Guck an, sonst jammert unser Doktorche' immer, wenn die Tachonadel über achtzig Stundenkilometer geht«, rief Willi scherzhaft.

»Mein lieber Willi, da gibt es einen großen Unterschied. Meine Einwände gegen eine hohe Geschwindigkeit hege ich ausschließlich, wenn unser Kommissar Kießling am Steuer sitzt und jede mögliche Verkehrsregel bricht«, verteidigte sich der Gerichtsmediziner.

»Komischerweise fühle ich mich aber bei ihm sicherer«, kommentierte Arnold scherzhaft.

»Genug der Worte. Wir sind gleich in Winkel«, kündigte Dr. Berger an.

Es waren nur noch wenige Kilometer bis zum Abzweig. Der Pathologe drosselte die Geschwindigkeit und von der Bundesstraße aus waren bereits die ersten Häuser von Winkel erkennbar. Nach einer kleinen Kurve musste Dr. Berger abbremsen, da sich vor ihnen ein Stau bis in die Stadt gebildet hatte.

»Was is' dann do los?«, hinterfragte Willi.

Arnold schüttelte ebenfalls den Kopf und sagte: »Um diese Zeit ein Stau? Das ist aber ungewöhnlich.«

Dr. Berger hingegen ahnte, was sich dahinter verbarg: »Ihr habt wohl vergessen, dass Kießling in Winkel unterwegs ist. Mich würde nicht wundern, wenn dieses Verkehrschaos etwas mit den Verhaftungsplänen zu tun hat.«

Mit dieser These hatte der Gerichtsmediziner den Nagel auf den Kopf getroffen. In der Tat stauten sich die Fahrzeuge, da im Ortskern von Winkel ein Großaufgebot an Polizei und Feuerwehr alles verstopfte. Die drei beschlich ein ungutes Gefühl und sie fragten sich, was in Winkel vor sich ging. Arnold versuchte weiterhin, Ella zu erreichen, doch ihr Handy klingelte unaufhaltsam, wie in einer Dauerschleife.

»Ich kann Ella einfach nicht erreichen. Wir sollten hier irgendwo parken und versuchen, zum Kern des Chaos zu gelangen«, schlug der Winzer vor.

»Denkt ihr denn, dass die beide' do sin'?«, fragte Willi von der Rückbank.

»Keine Ahnung«, antwortete Arnold. »Aber irgendwo müssen wir doch anfangen.«

Willi lehnte sich zurück auf die Rückbank und brummelte nebenbei: »Mir bräuchte so 'en Spionagesatellit wie aus 'em Fernseh. Hab' do letztens 'en gute James Bond gesehe', der hat so was gehabt.«

Willi hatte den Satz kaum ausgesprochen, da starrten sich Dr. Berger und Arnold filmreif an.

Der Rentner bemerkte die Reaktion der beiden und fragte: »Was is' dann mit euch los? Hab' ich was Dummes gesagt?«

Dr. Berger schüttelte den Kopf und sagte: »Im Gegenteil – du bist ein Genie!«

Willi wusste nicht so ganz, worauf der Pathologe hinauswollte, genoss aber das Kompliment. Arnold zückte sofort sein Mobiltelefon und öffnete eine Standortapp. Über diese war er mit Ella verbunden und konnte die Position ihres Mobiltelefons ausmachen. Er hoffte, wenn seine Freundin schon nicht ranging, dass das Gerät zumindest in ihrer Nähe war. Er aktivierte die App. Schnell hatte die Software Ellas Handy lokalisiert. Arnold schaute wie gebannt auf das Display.

Dr. Berger fragte aufgeregt: »Wo ist Frau Nilsson?«

Der Winzer vergrößerte den Kartenausschnitt und erwiderte: »Es sieht so aus, als fahren sie in die Weinberge.«

»Weg von diesem großen Auflauf hier in der Stadt?«, hinterfragte Dr. Berger.

»Sieht so aus. Ich kann aber nicht erkennen, wo sie hinfahren.«

»Zeig' mo her«, forderte Willi seinen Freund Arnold auf.

Dieser streckte das Handy nach hinten und zeigte Willi, wo sich Ella Handy befand.

Er antwortete: »Ei Bub, do sin' mir doch auch erst vor Kurzem hingefahre'. Die sin' auf 'em Weg zu Schloss Vollrads, wie das ausschaut.«

»Das scheint mir aber sehr dubios«, reagierte Dr. Berger auf das offensichtlich angepeilte Ziel von Ella und Kießling.

»Egal wohin, wir müssen zu den beiden. Wer weiß, was das zu bedeuten hat«, kommentierte Arnold.

»Da gehe ich d´accord«, sagte Dr. Berger, wendete auf der Bundesstraße spontan die Richtung, aus dem Stau hinaus, und rief: »Ich kenne von hier aus einen schnelleren Weg. Durch Winkel haben wir keine Chance, zum Schloss zu kommen.«

Mit quietschenden Reifen schaffte der Gerichtsmediziner eine Hundertachtziggradwendung und fuhr in schnellem Tempo über Umwege hinauf in die Weinberge zu Schloss Vollrads.

Willi applaudierte dem ungewohnten Fahrmanöver von Dr. Berger und rief inbrünstig von der Rückbank: »Gebe' Sie Gas, Doktor, mir werde' gebraucht. Einer für alle und alle für einen!«

Mit einem verschmitzten Lächeln drehte sich Arnold zu Willi und kommentierte den abgedroschenen Schlachtruf: »Echt jetzt?«

Der Rentner grinste und antwortete: »Jetzt sei nit so, das wollt' ich schon immer mo rufe'!«

ES ENDET, WO ES BEGANN.

Kießlings Polizeifahrzeug holperte durch einen Weinbergsweg Schloss Vollrads entgegen. Tessler hatte sie ortskundig auf schnellstem Wege zu dem Anwesen geführt. Sie waren kurz davor und Ella zog vorsichtshalber ihre Dienstwaffe heraus.

Tessler sah die Waffe von der Rückbank aus und reagierte verstört. »O mein Gott, was glauben Sie denn, hier zu finden, dass Sie sich bewaffnen?«, fragte der Buchhändler augenscheinlich verängstigt.

»Das werden wir sehen«, antwortete Kießling und schickte eine Frage hinterher. »Sie verkaufen doch so viele Bücher, in denen es um Gewalt geht, da machen Sie sich schon in die Hose, wenn Sie eine Waffe sehen?«

Zögerlich antwortete Tessler: »Das ist ja wohl ein Unterschied, ob ich Krimis lese oder mitten in einem drin bin.«

Der Kommissar ließ die Antwort unkommentiert, da sie jetzt an Schloss Vollrads angekommen waren. Kießling parkte das Fahrzeug vor der Toreinfahrt und stieg aus. Wie seine Kollegin zuvor zückte er seine Dienstwaffe. Daraufhin steckte er den Kopf zurück ins Auto und sagte zu Tessler:

»Hören Sie gut zu, wir wissen nicht, was uns hier erwartet. Haben Sie ein Mobiltelefon?«

Tessler zog eines aus seiner Tasche heraus und bejahte die Frage des Kommissars.

»Gut. Sie rufen jetzt diese Nummer unseres Reviers an und sagen denen einen schönen Gruß von Kommissar Kießling. Die sollen alle möglichen Einheiten von da unten in Winkel abziehen und hier hochschicken. Haben Sie verstanden?«

Mit diesen Worten hielt der Kommissar dem Buchhändler eine seiner Visitenkarten vor die Nase. Tessler nickte wortlos. Dann wandte sich Kießling zu Ella.

»Ok, lass uns da reingehen.«

Sie betraten den Hof des Geländes. Es war totenstill, keine Menschenseele war zu sehen. Das kam Kießling komisch vor.

»Warum ist denn hier keiner? Das ist ja wie ausgestorben«, flüsterte der Kommissar.

Ella mutmaßte: »Anscheinend wohl keine Saison.«

Die beiden schlichen vorsichtig weiter. Im Augenwinkel nahm die Polizistin ein Flackern wahr. Es kam aus der Gartenanlage. Ohne ein Wort zu sagen, wies sie mit einem Fingerzeig auf das Flackern hin. Die beiden schlichen vorsichtig mit ihren entsicherten Dienstwaffen in die Richtung, aus der das Licht herrührte.

Nach einigen Meter erblickten sie die Quelle und es bot sich ihnen ein erschreckender Anblick. Sie sahen ein Holzkreuz, an das der alte Hartmut Wolf gefesselt war.

Davor stand eine dunkel gekleidete Person mit einer brennenden Fackel in der Hand, bereit, das Kreuz in Brand zu stecken.

Kießling machte einen großen Schritt nach vorn und brüllte aus voller Kehle: »Keine Bewegung! Treten Sie zurück!«

Die Person stand mit dem Rücken zu den beiden Polizisten. Sie zog die Fackel etwas zurück und hielt diese dennoch bedrohlich an das hölzerne Kreuz. Ein Windstoß durchzog die Freifläche und umgehend trat Kießling der Geruch von Benzin in die Nase. Damit war ihm klar, dass es nur eines Funken bedurfte, um das Kreuz mit Hartmut Wolf in Flammen aufgehen zu lassen.

Der Kommissar wiederholte seine Ansage in schärferem Ton: »Gehen Sie zurück oder wir schießen!«

Die Person rührte sich keinen Zentimeter. Natürlich hätte der Kommissar jetzt die Gelegenheit, den Verbrecher mit einem gezielten Schuss auszuschalten. Doch lief er dabei Gefahr, dass die Fackel zu Boden fiel und das Kreuz in Flammen aufging.

Langsam drehte sich die Person um, ein Hut auf dem Kopf und den Kragen des Mantels hochgezogen, sodass das Gesicht nur schemenhaft zu erkennen war. Sie schwenkte die Fackel und deutete an, den Brand zu entfachen. Kießling befand sich in der Zwickmühle. Was sollte er tun? Ella blickte fragend zu ihrem Chef, ebenfalls hin- und hergerissen.

Kießling schrie: »Werfen Sie die Fackel in unsere Richtung, sonst haben wir keine andere Wahl, als zu schießen!«

In diesem Moment knackte es hinter Ella und dem Kommissar. Sie vernahmen das Entsichern einer Waffe.

»Doch, Sie haben eine Wahl, Herr Kommissar. Und zwar genau in diesem Moment Ihre Waffen fallen zu lassen.«

Kießling und Ella durchfuhr ein eiskaltes Gefühl. Sie spürten die reale Bedrohung, die sich offenbar hinter ihrem Rücken formierte. Der Kommissar spannte seine Gesichtsmuskeln an. Er erkannte die Stimme, die hinter ihm die Drohung ausgesprochen hatte. Langsam drehte sich Kießling um, seine Waffe nicht mehr im Anschlag, und blickte in das Gesicht von Buchhändler Georg Tessler.

Mit einem diabolischen Gesichtsausdruck und gezückter Waffe blickte er Kießling an. Ella hatte sich mittlerweile ebenfalls umgedreht und schaute fassungslos zu dem Buchhändler.

Nach einem kurzen Moment des Schweigens sagte Tessler: »Ich bin überrascht, wie einfach ich Sie beide hier hoch locken konnte. Lassen Sie uns doch jetzt gemeinsam zu Herrn Wolf gehen. Ich bin sicher, er freut sich über Ihre Gesellschaft. Aber vorher legen Sie beide bitte Ihre Waffen hier auf den Boden.«

Kießling und Ella folgten Tesslers Aufforderung. Nachdem sie ihre Waffen abgelegt hatten, gingen sie auf das Kreuz und die andere verhüllte Person zu. Während Kießling und Ella mit dem bewaffneten Buchhändler im Rücken auf sie zuschritten, nahm die Person den Hut vom Kopf. Der Kommissar erkannte sofort, um wen es sich handelte. Es war Tesslers Lebensgefährtin. Angekommen stellte sich die Frau neben Tessler. Dieser wies Ella und den Kommissar an, sich neben Wolf an das Kreuz zu stellen. Ein starker Benzingeruch war hier allgegenwärtig und Tesslers Frau hielt weiterhin bedrohlich die brennende Fackel in der Hand.

Tessler ergriff das Wort: »Ist das nicht nett, dass Herr Wolf jetzt so nette Gefährten auf seinem Scheiterhaufen bekommen hat?«

Dabei zielte er bedrohlich mit der Waffe auf Kießling und Ella. Der Kommissar überlegte, was für Optionen sie hatten. Ihm fiel keine ein. Um Zeit zu schinden, versuchte er Tessler in ein Gespräch zu verwickeln.

»Ich muss gestehen, mit Ihnen hätte ich nicht gerechnet. Wie passen Sie in das Spiel hier rein?«, wollte Kießling wissen.

Tessler lachte hämisch und antwortete: »Oh, Sie wollen die Wahrheit? Vielleicht kann Ihnen diese Herr Wolf erzählen?«

Er schwenkte jetzt die Waffe auf den am Kreuz festgezurrten Hartmut Wolf. Dieser war allerdings zu sehr benommen und konnte sich nicht artikulieren. Lediglich ein Stöhnen ging von ihm aus.

Tessler rief wütend: »Hat ihm wohl die Sprache verschlagen. Das tut auch nichts mehr zur Sache. Die Wahrheit über Serafina hat schließlich nie jemanden interessiert.«

Mit diesen Worten riss er seiner Lebensgefährtin die Fackel aus der Hand und war im Begriff, das Benzin zu entzünden.

Der Kommissar unternahm noch einen Versuch der Ablenkung und rief: »Was ist mit Anton Gerber? Wenn Sie hier schon Ihre Rachegelüste unter dem Deckmantel der Wahrheit ausleben, dann lassen Sie uns daran teilhaben.«

Tessler ließ die Fackel noch mal sinken und antwortete: »Mit Gerber? Sie wollen wirklich wissen, was mit Anton Gerber ist?«

Kurzes Schweigen. Plötzlich hallte es aus dem Hintergrund: »Der ist tot – nicht wahr?«

Alle drehten sich überrascht um und blickten zu Dr. Berger. Tessler richtete sofort die Waffe bedrohlich auf den Pathologen.

Dieser hob deeskalierend die Hände und rief: »Ich bin nicht bewaffnet, möchte Ihnen aber zur Wahrheit verhelfen!«

Der Buchhändler entspannte sich. Er schien interessiert, was Dr. Berger zu sagen hatte.

Der Pathologe schritt mit erhobenen Händen weiter auf sie zu und sprach dabei in bewusst verständnisvollem Ton: »Ich kann Ihren Zorn verstehen. Ich würde wahrscheinlich genauso reagieren, wenn mein Vater mir das angetan hätte.«

Kießling rollte verwundert die Augen über das, was er von Dr. Berger hörte. Anton Gerber war tot und der Vater von Georg Tessler? Tausend Fragen gingen durch seinen Kopf, doch er sagte nichts und ließ den Pathologen weitermachen. Anscheinend hatte dieser Zugang zu Tessler gefunden.

Der Buchhändler fragte nach, interessiert, was Dr. Berger zu sagen hatte. »Wie kamen Sie darauf? Was haben Ihnen Ihre Toten in der Pathologie verraten?«

Dr. Berger hob den Zettel hoch, auf dem Willi vorhin Notizen gemacht hatte. »Der Name Fraisaen! Das ist ein

Anagramm von Serafina.« Dabei zeigte er auf die Buchstaben des Namens, die in anderer Reihenfolge aus dem Namen Fraisaen den Namen Serafina entstehen ließen.

Der Pathologe fuhr fort: »Van Fraisaen und Gerber sind ein und dieselbe Person, dazu ist er Ihr Vater und Serafina Ihre Mutter«.

Tessler nickte anerkennend mit dem Kopf. »Nur weiter! Scheint so, als hätte wenigstens einer hier seine Hausaufgaben gemacht.«

»Ich habe im Nachhinein herausgefunden, dass Serafina schwanger gewesen war und wohl kurz vor ihrem Tod entbunden hatte. Ich gehe davon aus, dass es Zwillinge waren – Sie und Ihre Schwester dort!«

Dabei zeigte Dr. Berger auf Tesslers vermeintliche Lebensgefährtin. Er ging weiter auf sie zu und stellte sich mit seinen erhobenen Händen neben Ella und Kießling an das Kreuz. Der Kommissar blickte Dr. Berger völlig entgeistert an, hoffte, dass der Doktor einen Plan in petto hatte.

Dieser sprach weiter. »Damit ist der schuldige Herr hier am Kreuz Ihr Großvater«, resümierte der Pathologe.

»Mit schuldig haben Sie eine gute Wortwahl getroffen. Unsere Mutter starb bei der Geburt. Dann hat unser Vater diesen Greis aufgesucht. Wollte mich und meine Schwester loswerden. Anstatt uns anzunehmen, hat Wolf nur an seinen gesellschaftlichen Stand gedacht. Wir wurden in ein Waisenhaus in Winkel verfrachtet und unsere Mutter hat er an der Brandruine des Grauen Hauses verscharren lassen.«

Ella blickte schockiert auf Hartmut Wolf.

Dieser flüsterte angestrengt: »Es tut mir leid. Ich wollte es doch jetzt nach all den Jahren wiedergutmachen.«

Dieser Satz erzürnte Tessler. Er hielt ihm die Fackel bedrohlich entgegen und rief zornig: »Wiedergutmachen? Denkst du, so hättest du unser Leiden mindern können? Serafinas Leiden?«

Für Kießling ergab jetzt alles Sinn. Er konnte vor seinem inneren Auge diese ganze schmerzvolle Geschichte rekonstruieren. Georg Tessler und seine Schwester wurden nach ihrer Geburt Opfer der gesellschaftlichen Vorstellungen ihres Großvaters. Viele Jahre später tauchte ihr Vater wieder in Winkel auf, suchte Kontakt zu den verlorenen Kindern und den Großvater Hartmut Wolf überkam eine späte Reue über sein Handeln. Anstatt eines familiären Happy Ends löste die Wahrheit über ihre Herkunft in den Geschwistern große Rachegelüste aus. Diesen fiel erst ihr Vater Anton Gerber, der jetzt als Richard van Fraisaen lebte, zum Opfer und beinahe ihre Halbgeschwister Hendrik und Merle. Diesen blieb ein grausames Schicksal, Gott sei es gedankt, erspart.

Schnell verarbeitete er das gerade Gehörte und hoffte, einen Vorteil daraus schlagen zu können.

Er griff ein und rief zu Tessler: »Warten Sie. Lassen Sie uns den alten Wolf zur Rechenschaft ziehen. Der verschwindet in einem schwarzen Loch und sieht nie wieder das Tageslicht.«

Tessler blickte Kießling an und erwiderte: »Der wird die Gerechtigkeit der Flammen erfahren. Sie haben doch auch schon Erfahrung damit – als Sie todesmutig die Frau aus unserem alten Waisenhaus rausgeholt haben.«

Kießling überlegte kurz und erinnerte sich an den Brand in Winkel. Er antwortete Tessler: »Ich verstehe, jetzt schließt sich der Kreis. Das Gebäude, in dem ich fast gegrillt wurde, war früher Ihr Waisenhaus. Mit dem Feuer wollten Sie wahrlich alle Spuren Ihrer Vergangenheit in den Flammen aufgehen lassen.«

»So ist es, aber jetzt genug der Worte. Dr. Berger, es ist schön, dass Sie sich zu uns gesellt haben. Jetzt dürfen Sie das Schicksal aller hier teilen!«

Tessler hob die Fackel und machte sich bereit, diese in Richtung Kreuz zu schleudern, da löste sich ein Schuss aus dem Hintergrund und traf den Buchhändler in die Schulter. Dieser ließ die Fackel fallen. Geistesgegenwärtig machte Kießling einen großen Schritt auf Tessler zu und trat die Fackel weg. Mit Schwung warf er sich dabei auf den überraschten Verbrecher, der zu Boden ging und dem dabei die Waffe aus der Hand fiel. Ella stürzte sich auf Tesslers Schwester und warf diese zu Boden. Aus dem Hintergrund stürmte Arnold heran, der mit Kießlings Dienstwaffe auf Tessler gefeuert hatte. Dr. Berger hatte den Buchhändler clever abgelenkt und somit konnte Arnold hinter dessen Rücken die Waffe an sich nehmen.

Indes drückte Kießling den angeschossenen Tessler zu Boden. Durch die verletzte Schulter hatte dieser dem Kommissar nichts mehr entgegenzusetzen. Auf dem Boden brannte die Fackel weiter und entzündete das Benzin. Schnell entfachte sich ein Feuer und rannte unaufhaltsam auf das Kreuz mit Hartmut Wolf zu. Dr. Berger reagierte sofort und versuchte, den alten Mann loszubinden, bevor die Flammen diesen erreichten. Arnold kam dem Pathologen zu Hilfe. Ella kämpfte neben dem Flammenmeer gegen Tesslers Schwester. Diese gewann plötzlich die Oberhand, warf die Polizistin auf den Rücken, robbte rüber zu ihrem Bruder, der wieder versuchte, sich gegen Kießling zu wehren, nahm dessen Waffe, die noch am Boden lag, an sich und machte sich feuerbereit. Ella sah, wie die Frau die Waffe auf sie richtete. Es löste sich ein Schuss. Die Polizistin zuckte zusammen, doch sie bemerkte schnell, dass der Schuss nicht aus der auf sie gerichteten Waffe gekommen war. Tesslers Schwester sackte in sich zusammen und hinter ihr kam Willi zum Vorschein, der diese mit einem gezielten Schuss in den Arm außer Gefecht gesetzt hatte.

Arnold und Dr. Berger schafften es, Hartmut Wolf vom Kreuz zu befreien, bevor die Flammen ihn erreichten. Mit einem beherzten Sprung brachten sie ihn in Sicherheit und retteten den alten Mann vor dem Flammentod. Kießling hatte die Kontrolle über Tessler gewonnen, der stöhnend, mit dem Knie des Kommissars im Rücken, den Kampf endgültig verloren hatte. Ella stürmte zu Willi, nahm ihm die Waffe aus der Hand und zielte auf Tesslers Schwester. Diese lag angeschossen auf dem Boden und stellte keine Gefahr mehr dar.

Jetzt rollten mit lautem Getöse mehrere Streifenwagen in den Hof von Schloss Vollrads. Beamten stürmten herbei und sicherten das Gelände. Sie übernahmen Tessler, und Kießling konnte von ihm ablassen. Arnold rannte zu Ella, drückte ihren Arm mit der Waffe nach unten.

In ruhigem Ton sagte er zu seiner Liebsten: »Wir haben's geschafft. Deine Kollegen können sich jetzt um die Verrückten hier kümmern.«

Ella atmete aus, ließ die Waffe vollends sinken und die Anspannung abfallen.

Es war vorbei! In Schloss Vollrads flackerte ein Meer aus Einsatzleuchten von Polizei und Notärzten. Tessler und seine Schwester wurden unter strengster Bewachung von den Sanitätern notdürftig versorgt und danach in Gewahrsam genommen. Mit ihrer Verhaftung endete Serafinas Leiden.

Tage später in Willis Weinlaube in Lorch.

Mit einem Tablett in der Hand kam Willi aus seinem Haus und stellte dieses auf den Tisch, um den Ella, Arnold, Kießling und Dr. Berger saßen. Auf dem Tablett reihten sich fünf Weingläser aneinander und flankierten eine gut gekühlte Flasche Riesling.

Willi stellte alles auf den Tisch und kommentierte dies mit den Worten: »Die habe' mir uns jetzt aber auch wirklich verdient, nach dem ganze' Stress.«

Die vier stimmten dem Rentner mit lächelnden Gesichtern zu. Tatsächlich hatten sie einige Zeit benötigt, bis die Anspannung dieses aufregenden Tags in Winkel von allen abgefallen war. Dazu kam für Kießling und Ella das umfassende Geständnis von Hartmut Wolf. Dieser hatte als gebrochener Mann letzten Endes alles zugegeben. Nachdem seine Tochter Serafina mit Anton Gerber durchgebrannt war, steckte dieser das Graue Haus in Brand und sandte mit dem brennenden Kleid der Weinkönigin eine klare Botschaft in Richtung Hartmut Wolf.

Was sie zu diesem Zeitpunkt noch nicht ahnten: Serafina war schwanger von ihrem Freund. Hilfesuchend wandte sich Serafina Monate später, kurz vor dem Geburtstermin, an ihren Vater. Dieser war derart erzürnt und verständnislos, dass er ihr jede Hilfe verweigerte. All dies hatte zur Folge, dass Serafina die Geburt ihrer Zwillinge nicht überlebte. Anton Gerber wollte alles öffentlich machen. Doch Hartmut Wolf überzeugte ihn mit Geld, zu schweigen. Gerber verschwand in die Niederlande und baute sich als Autor ein neues Leben auf. Er konnte Serafina nie vergessen. Daher wählte er für seinen neuen Nachnamen Fraisaen, ein Anagramm des Namens seiner Geliebten. Wolf ließ indessen seine Tochter an der Brandruine des Grauen Hauses verscharren und die neu geborenen Zwillinge anonym ins Winkeler Waisenhaus bringen. All dies aus Angst vor öffentlicher Schmach, dass seine Tochter schwanger von einem Kriminellen und zu allem Überfluss in den Brand des Grauen Hauses verwickelt war. Nach fast sechzig Jahren hatte Wolf seinen Frieden machen wollen und nicht geahnt, was er damit entfesselte.

Aber dies gehörte jetzt alles der Vergangenheit an. Jeder, der sich in der Geschichte mit Schuld behängt hatte, wurde von seiner persönlichen Sühne eingeholt. Lediglich die späteren Kinder von Gerber, Hendrik und Merle, konnten ihre Hände in Unschuld waschen. Tessler sah diese dennoch als Teil der Schuld seines Vaters an. Sie sollten den gleichen Schmerz wie er und seine Zwillingsschwester in Form des Todes erfahren. Wenigstens konnte ihr Leben durch Kießling und seine Mitstreiter gerettet werden und am Ende erlangte die Wahrheit über all das

Geschehene die Oberhand. Serafina durfte jetzt endlich in Frieden ruhen.

Arnold nahm die Flasche Riesling und schenkte ein. Dabei sagte er in die Runde: »Lasst uns jetzt das leidige Thema beenden. Für die nächste Zeit hab ich echt genug von Brandstiftern, Mördern, Entführern und schrägen Vätern.«

Willi stimmte mit ein: »Recht haste, Bub. Für uns bleibt jetzt nur noch eines zu tun.«

Alle schauten fragend zu dem Rentner, um zu erfahren, was er damit meinte.

Kießling meinte zu Willi: »Ich bin gespannt, was jetzt kommt – kann's mir aber irgendwie denken …«

Das Lorcher Urgestein grinste und sang fröhlich in die Runde: »Schenket ein, schenket ein, den gute Lorcher Wein. Lasst ihn uns genieße' zu jeder Stund' – unter Freunde in gemütlicher Rund'.«

ENDE

NACHWORT DES AUTORS

Der dritte Band der Rheingau-Krimi-Reihe ist abgeschlossen und in einen Roman gebannt. Es war wieder eine atemberaubende und spannende Zeit, die Ereignisse, die durch meine Gedanken strömten, in Worten einzufangen. Wie schon bei den Vorgängerromanen, dessen Handlung im historischen Freistaat Flaschenhals spielt, so brachte mich auch die Geschichte um Serafinas Leiden an besondere Orte. Sei es an Plätze in meiner Heimat Rheingau, die ich neu kennenlernen durfte, sowie darüber hinaus an Stellen in mir selbst, wo ich unerwartete Erfahrungen sammelte. So löste Serafinas Schicksal in mir eine unglaublich schmerzhafte Trauer aus. Die eigentliche Tragik des Todes der Weinkönigin wurde von niemandem der Nahestehenden wahrgenommen. Jeder war nur auf seinen eigenen Vorteil bedacht, bis er von der Polarität des Lebens eingeholt wurde. Anton Gerber und Hartmut Wolf mussten schmerzhaft erfahren, dass ihr Handeln verheerende Konsequenzen hatte. Die späte Einsicht, dass jede Aktion eine Gegenreaktion auslöst und eine Rechnung immer beglichen werden muss, wurde auch nicht durch die späte Reue relativiert.

Serafina hätte leben können. Doch sie wurde in ein fremdes Leben gezwungen, das ihr die Luft zum Atmen nahm. Ihre Flucht war ein Weglaufen vor der eigenen Realität. Hätte sie eine Alternative gehabt? Ich kann es nicht sagen. Dies bleibt im Verborgenen. Es gibt immer andere Wege, und vielleicht war Serafinas Weg, einem frühen Tod ins Auge zu sehen, einfach vom Schicksal vorgezeichnet gewesen. Doch auch nach Serafinas Ableben bestand für alle die Chance auf ein Leben mit der Wahrheit im Licht und nicht im Schatten. An diesem Punkt wurde eine Gelegenheit vertan. Vielleicht hätte eine frühe Einsicht für Liebhaber und Vater ein Leben ohne verdrängten Schmerz bedeutet und Serafina ein würdevolles Andenken beschert. Jeder Mensch sollte sich immer fragen, was in seinem persönlichen Schatten verborgen liegt. Sei es eine Sünde, Eifersucht, Neid oder welches schlechte Gefühl auch immer – das Wegsehen und die Ignoranz dessen, was in diesem Dunkel schlummert, wird irgendwann ans Licht treten. Der Zins und Zinseszins, die diese Ignoranz fordert, kann eine harte Konsequenz bedeuten.

Ich war sehr froh, dass ich mit Kommissar Kießling, Ella, Arnold, Willi und Dr. Berger fünf starke Persönlichkeiten an meiner Seite hatte, die mich durch die Geschichte getragen haben. Sie erinnerten mich immer wieder daran, dass es auch an einem der dunkelsten Orte irgendwo Licht geben muss.

Achten Sie auf sich und verschließen Sie vor nichts die Augen!

Herzlichst, Ihr Andreas Arz

TOD EINER WEINKÖNIGIN

SERAFINAS LEIDEN

HAT IHNEN DAS BUCH GEFALLEN?

Ich freue mich sehr, dass Sie mein Buch bis zu dieser Stelle gelesen haben. Wenn es Ihnen gefallen hat, wäre es toll, wenn Sie ihm bei dem Online-Shop eine Bewertung geben, bei dem Sie bestellt haben. Oder Sie schreiben bei einem Ihrer Lieblings-Buchportale eine Rezension.

Es ist nicht nur sehr schön, Meinungen zu meinem Buch zu lesen. Außerdem hilft es mir auch dabei, weitere Geschichten zu schreiben und neue Leser für meine Bücher zu finden.

CHIEMSEE
VERLAG